Anna Mariota

Das Mädchen von der Straße
Torn Asunder 1

Bibliografische Information der Deutschen Nationalbibliothek:
Die Deutsche Nationalbibliothek verzeichnet diese Publikation in der Deutschen Nationalbibliografie; detaillierte bibliografische Daten sind im Internet über http://dnb.dnb.de abrufbar.

© 2016 Anna Mariota

Coverdesign © BuchGewand - www.buchgewand.de

Fotos © Shumo4ka/shutterstock; lape_snape - depositphotos.com; Vladimir Prusakov - Fotolia.com; 4clover - Fotolia.com

Herstellung und Verlag: BoD – Books on Demand, Norderstedt

ISBN: 978-3-7412-6180-0

Tyler

Später konnte er nicht genau sagen, was ihn überhaupt dazu brachte, hinzusehen. Sie war eine unter so vielen, sie war absolut unscheinbar und versuchte zudem, mit ihrer Umgebung zu verschmelzen.

Vielleicht waren es ihre Augen, die aus dem blassen Gesicht zu ihm aufblickten. Groß und dunkel, beinahe schwarz. Pechschwarze Strähnen hingen unter der dicken, hellroten Bommelmütze in dieses zarte Gesicht, für das die Augen viel zu groß wirkten. Das war wohl der Grund, warum er sie erst jünger schätzte. Sechzehn oder siebzehn, dachte er. Was erst recht dagegen sprach, sie von der Straße aufzulesen und mit nach Hause zu nehmen. Er gehörte noch nie zu den Männern, die sich durch große Menschenliebe hervortaten. Schon gar nicht, wenn es um Kinder ging oder Frauen, die zu jung und unerfahren waren, um sie eines zweiten Blicks zu würdigen.

Aber da wären wir wieder bei den Augen, denn sie wirkten irgendwie ... alt. Als hätten sie schon viel gesehen, als wäre alles, was sie erlebt haben, gut weggeschlossen. Sie war nicht wie die anderen, die sich über den Lüftungsschächten der Bürogebäude am Loop nachts unter einem feuchten Karton zusammenrollten und versuchten, wenigstens ein bisschen Schlaf zu bekommen, bevor sie in aller Frühe von der Straßenreinigung vertrieben wurden.

Vielleicht war es auch das: Er spürte ihre Andersartigkeit. Aber das klang selbst in seinen

Ohren zu verrückt. Auch dann, als er wusste, dass sie *tatsächlich* anders war als die Penner, die sich an einer Flasche Schnaps wärmten.

In Chicago sah man im Winter viele Obdachlose auf der Straße, und in den letzten Jahren war es eher schlimmer als besser geworden. Die Wirtschaftskrise hat sie aus ihrer kuscheligen Wohlstandssicherheit in Arbeitslosigkeit, Scheidung und Verlust vertrieben. Amerika war nicht mehr, was es einst gewesen war. Wenige wurden immer reicher, viele verarmten völlig. Ein Prozess, den man nicht aufhalten konnte. Nur die Stärksten überleben. Und die Besten unter ihnen profitierten von dieser neuen Welt.

Er hätte keinen Grund gehabt, nach unten zu schauen, als er an jenem Abend im Dezember das Bürogebäude verließ. Seine Limousine wartete am Bordstein, sein Fahrer Daniel stand bereit, um den Schlag zu öffnen und ihm die Tasche mit den Unterlagen abzunehmen, die er mit nach Hause nahm. Es war schon spät; auch das war normal. Er kam selten vor zehn nach Hause. Meist brannte in seinem Büro bis weit nach Mitternacht Licht. Man stieg nicht in wenigen Jahren so weit auf, wenn man nachmittags um fünf den Bleistift fallen ließ.

Vielleicht sollte das jemand mal all den armen Glücksrittern sagen, die glaubten, sie könnten mit einem ganz normalen Job zu Reichtum kommen. Leute, das funktioniert nicht. Legt euch wieder hin. Bleibt am besten morgens gleich liegen, ihr habt keine Chance.

Nicht gegen Männer wie ihn.

Tyler kam aus dem Bürogebäude, blickte nach unten und sah sie. Ein Moment des Zögerns. Ihr

Blick, nicht gehetzt und voller Angst, wie man ihn von vielen Obdachlosen kannte, die fürchteten, im nächsten Moment wie räudige Hunde weggetreten und verjagt zu werden. Sie *war* anders.

Trotzig. Hart und zugleich verletzlich.

Sie offenbarte ihm ihre Seele, ohne dass er danach gefragt hatte.

Tylers Schritte verlangsamten sich. Er blickte sie an, sie blickte ihn an. Es war wie ein stummer Dialog, den sie führten, es ging hin und her zwischen ihnen. Seine Augen, ihre Augen. Dann schüttelte er den Kopf, tauchte in der Wärme der Limousine unter und hörte, wie der Schlag mit einem satten, sanften Geräusch ins Schloss fiel.

Er konnte nicht aufhören, sie anzustarren.

Sein Fahrer bemerkte das.

»Soll ich den Sicherheitsdienst rufen, Sir?«

»Wie bitte?«

Daniel drehte sich halb im Fahrersitz um. Tylers Aktentasche hatte er auf den Beifahrersitz gelegt.

»Wegen der Frau da draußen. Stört es Sie, dass sie da liegt? Dann rufe ich den Sicherheitsdienst. Die schicken sie fort.«

Tyler schüttelte den Kopf.

»Lassen Sie sie.«

Daniel nickte nur. Erstaunte ihn, wie weich sein Boss war? Normalerweise duldete er keine Rumtreiber auf der Schwelle seines Bürogebäudes. Der Wolkenkratzer, ein Wunder aus Stahl und Glas, der sich mitten in der Innenstadt von Chicago neben dem Sears Tower in den Himmel reckte, war das Symbol all dessen, was er sich hart erarbeitet hatte. Nicht ganz so hoch, aber dennoch imposant, denn dieses Gebäude gehörte keinem Konsortium aus Investoren, sondern befand sich im Besitz von Tyler und sonst niemandem.

Tyler Locke, 34 Jahre. Erfolgreicher Industriemagnat, Milliardär, Selfmademan. Er gehörte zu den begehrtesten Junggesellen Chicagos, wenn nicht des ganzen Landes.

Und er konnte nicht aufhören, diese junge Frau anzustarren.

Sie hatte sich aufgerappelt. Noch immer blickte sie hinter ihm her.

Und da erkannte er, was in ihren Augen lag.

Verachtung.

»Warten Sie, Daniel.« Er hob die Hand, fast hätte er den Vordersitz berührt, vielleicht sogar Daniels Schulter. Sein Fahrer hatte sich gerade in den Verkehr einfädeln wollen und trat auf die Bremse.

»Sir?«

»Warten Sie«, wiederholte er.

Sie blickte zu ihm herüber. Er konnte nicht wegsehen. Und dann, als er dachte, er könnte sich losreißen, hörte er sich sagen: »Wir nehmen sie mit.«

»Sir ...«

Daniel kam nicht weiter, denn Tyler öffnete bereits die Tür und stieg aus. Mit wenigen Schritten war er bei ihr.

Sie kniete über dem Lüftungsschacht direkt neben der imposanten Drehtür. Die warme Luft, die nach oben strömte, schlug ihr ins Gesicht, und als er sich ihr näherte, nahm er den stechenden Geruch nach Schweiß, Heizungsluft und etwas Anderem wahr, das er nicht benennen konnte.

»Sie werden sich den Tod holen«, sagte er.

Sie sagte nichts. Nur ihr Blick. Ihre Augen. Das schmale, blasse Gesicht. Die perfekt geformte, kleine Nase. Sie hatte sich den karierten Schal bis zur Nasenspitze hochgezogen, weshalb er nicht wusste, ob sie einen hübschen Mund hatte. Eigentlich war er davon überzeugt ...

Als würde ich sie kennen. Als wäre sie für mich keine Fremde.

Gut möglich, oder? Vielleicht lag sie schon seit Wochen jeden Abend vor dem Locke Tower auf dem Lüftungsschacht und schlief, wenn er zu seinem Wagen eilte. Vielleicht hatte er sie einfach noch nie bewusst wahrgenommen ...

»Ist Ihnen nicht kalt?«

Was für eine dämliche Frage. Natürlich musste ihr kalt sein. Es war Dezember, für die Nacht hatte der Wetterbericht ergiebige Schneefälle angekündigt, und die Temperaturen sollten danach weit unter den Gefrierpunkt fallen.

Kein Wetter, um draußen zu übernachten. Auch dann nicht, wenn man über dem Lüftungsschacht schlief.

Konnte man das überhaupt? Schließlich hörte man permanent das Rumpeln und Pusten aus der Tiefe. Tyler konnte sich kaum vorstellen, dass es möglich war, geschweige denn *angenehm* ...

»Kommen Sie«, hörte er sich sagen. Er streckte die Hand nach ihr aus. Sie starrte ihn unverwandt an.

»Sir?«

Daniel war ebenfalls ausgestiegen. Der eisige Wind, der durch die Straßenschluchten fegte, brachte die ersten Schneeflocken mit sich. »Sir, soll ich den Sicherheitsdienst rufen?«

»Nein, verdammt!« Tyler fuhr herum. »Lassen Sie uns für einen Moment in Ruhe, Daniel. Bitte«, fügte er hinzu, als er merkte, dass seine harschen Worte seinen Mitarbeiter überraschten.

»In Ordnung.« Daniel stieg wieder ein und wartete geduldig bei laufendem Motor.

Tyler machte noch einen Schritt auf sie zu.

»Sie können mir vertrauen«, redete er weiter. Er streckte eine Hand nach ihr aus. Wie nach einem verwilderten Hund, den man anfüttern wollte.

»Haben Sie Hunger? Wollen Sie in einem richtigen Bett schlafen?«

Ihr Nicken kam zögerlich. Kaum erkennbar. Nur ein ganz leichtes Auf und Ab ihres Kopfs, danach starrte sie ihn wieder unverwandt an.

»Sie können mit zu mir nach Hause kommen.« Er zeigte auf den Wagen. »Daniel bringt uns dorthin. Keine Angst, ich tue Ihnen nichts. Er übrigens auch nicht, falls Sie das fürchten.« Er lachte nervös. »Ich will nur nicht, dass Sie heute Nacht vor meinem Gebäude erfrieren.«

Im ersten Moment dachte er, sich verhört zu haben.

Dann erst erkannte er, was sie fragte.

»Warum?«

Ihre Stimme war ein heiseres Krächzen.

»Weil es heute Nacht schneien soll und eiskalt wird. Ich will nicht, dass Sie erfrieren.«

Sie wiederholte die Frage. »Warum?«

Darauf wusste er keine Antwort.

»Kommen Sie.« Wieder streckte er die Hand aus, doch sie wich vor ihm zurück, soweit das überhaupt möglich war, denn hinter ihr war die Glaswand des Gebäudes. Sie machte sich ganz klein.

»Hören Sie, ich kann nicht die ganze Nacht hier stehen und auf Sie warten.«

Sie war wieder verstummt. Der Schneefall wurde stärker, und wenn Daniel nicht sein Mitarbeiter, sondern ein guter Freund wäre, hätte er spätestens jetzt ungeduldig auf die Hupe gedrückt und ihm bedeutet, dass sie schleunigst fahren sollten.

Im Wagen lag seine Aktentasche mit einem Dutzend Verträgen, die er vor dem Schlafengehen noch lesen wollte.

Zu Hause wartete ein später Abendsnack und sein warmes Bett.

Er zögerte.

Sie rührte sich nicht.

Vermutlich konnte er die ganze Nacht hier stehen und mit Engelszungen auf sie einreden, ohne dass sie sich von der Stelle rührte. Sie wollte nicht. Wenn sie Angst vor ihm hatte, zeigte sie das nicht. Trotzdem schien die Vorstellung, mit einem Fremden zu gehen, sie sehr viel mehr zu schrecken als eine Winternacht im Freien.

Tyler zog aus der Hosentasche die goldene Geldklammer und zog ein paar Scheine heraus, ohne draufzuschauen.

»Hier.« Er machte einen großen Ausfallschritt, hielt ihr das Geld hin und wartete, dass sie es nahm. Jetzt war Unglaube in ihrem Blick, doch sie hob die Hand, die in fingerlosen, ausgefransten

Handschuhen steckte, nahm das Geld und zog die Hand hastig wieder zurück, als fürchtete sie, von ihm gepackt und ins Auto gezerrt zu werden.

»Können Sie in eine Unterkunft gehen?«

Sie nickte.

»Versprechen Sie mir, dass Sie das auch tun?«

Wieder nickte sie.

»Gut.« Er war erleichtert. Es war nicht unbedingt das, was er sich erhofft hatte. Aber es war ein Anfang. »Gut, dann machen Sie das auch bitte. Ich möchte nicht, dass Ihnen etwas passiert.«

Er wartete noch ein paar Sekunden, doch sie schien ihn gar nicht wahrzunehmen. Sie stopfte das Geld in eine Jackentasche, raffte ihre Mülltüten und den welligen Karton zusammen und rappelte sich auf.

Als würde er für sie gar nicht existieren.

Tyler trat den Rückzug an. Daniel war sofort zur Stelle und hielt die Tür auf, schlug sie hinter Tyler zu und setzte sich so rasch hinters Lenkrad, als hätte er Angst, dass Tyler es sich anders überlegte und die Streunerin doch noch mitnehmen wollte.

Der Wagen löste sich vom Bordstein und fädelte in den spärlichen Spätabendverkehr ein.

Tyler schaute nicht zurück. Er hoffte, dass sie wirklich in ein Obdachlosenasyl ging. Dort bekam sie eine warme Suppe, Tee und ein Bett für die Nacht.

Erst als der Wagen an der nächsten Ampel hielt, fiel ihm auf, dass sie sich nicht bei ihm bedankt hatte.

Cara

Er hat nicht mal hingesehen. Er hat ein paar Scheine aus der Geldklammer gezupft und keinen zweiten Blick draufgeworfen. Es hätten Hunderter sein können oder Eindollarnoten, das schien für ihn überhaupt keinen Unterschied zu machen.

Ich möchte ihn für die Sorglosigkeit, mit der er sein Geld verschleudert, gerne hassen. Aber das kann ich nicht. Denn in meiner Jackentasche knistern verheißungsvoll ganze 85 Dollar, die er mir in die Hand gedrückt hat. 85 Dollar, das ist über eine Woche im Obdachlosenasyl. Das ist eine warme Suppe, ein Bett für die Nacht, ein sicherer Ort, an dem ich nicht fürchten muss, im Schlaf zu erfrieren.

Ich schleppe die Tüten, die Decke und den alten Karton, auf dem ich Nacht für Nacht über den Lüftungsschächten dieser Stadt schlafe, fünf Blocks weiter zu einem schmalen, unscheinbaren Haus in einer Nebenstraße. Es gibt kein Schild über dem Eingang, keine Einladung an die Armen und Verlassenen der Windy City, kein Versprechen an die Verlorenen dieses Molochs. Doch wer auf der Straße lebt wie ich, weiß was er hier findet. Obdach. Trost. Wärme.

Mehr brauche ich nicht. Ich bin genügsam geworden, seit ich auf der Straße lebe.

Genügsam, aber nicht dumm.

Ich weiß, was er getan hat. Er hat mir nicht nur Geld gegeben, damit ich von dem Lüftungsschacht vor seinem hübschen Glaspalast verschwinde, sondern er hat damit auch sein Gewissen erleichtert. Das widert mich an. Aber für 85 Dollar erteile ich ihm die Absolution. Siehst du, ich verzeihe dir, du großkotziger, widerlicher Lackaffe in der Uniform der Reichen, der Investmentbanker, Anwälte und Verbrecher. Ihr habt mir alles genommen, und wenn ihr mich nicht länger übersehen könnt, bekomme ich ein paar Geldscheine in die Hand gedrückt, knisternd und verheißungsvoll, damit ich mich noch mal an meine Vergangenheit erinnern kann, als Geld auch für mich keinen Wert hatte.

Ich drücke den Klingelknopf und warte, dass mich jemand einlässt. Es ist schon nach zehn Uhr, und normalerweise ist dann das Essen schon verteilt, die Betten für die Nacht ebenso. Vielleicht habe ich Glück und komme hier für die Nacht unter. Sonst kenne ich noch ein paar andere Adressen. Aber dieses Asyl gehört zu den guten. Hier passen sie auf, dass eine allein umherziehende Frau nicht von irgendwelchen Arschlöchern abgezogen wird.

In der Tür ist eine kleine Klappe, die jetzt aufgeht. Ein schwarzes Gesicht späht hinaus.

»Wir sind für die Nacht voll«, schnarrt die Stimme.

»Bitte, Mary. Ich bin's, Cara.«

Mary zögert. Sie kneift die Augen zusammen, als wollte sie sich überzeugen, dass ich es wirklich bin. »Du kommst spät.«

»Ich hab gerade erst das Geld zusammenbekommen.« Ich hebe die Faust, in der ich die 85 Dollar halte.

Sie starrt mich an. Ich weiß, was sie denkt, und ich tue nichts, um die Frage in ihrem Blick zu beantworten. Soll sie doch denken, dass ich mich dafür prostituiert habe. Mir ist inzwischen total egal, was Andere über mich denken. Irgendwann hört man nämlich auf, sich für die Dinge zu schämen, die man tut, um am Leben zu bleiben.

»Na, dann komm rein. Für dich finden wir noch ein Bett.«

Ich habe Glück, dass Mary mich mag. Sie knallt die Klappe zu, der Schlüssel knirscht im Schloss, und sie lässt mich in den engen Flur, der direkt in die steile Treppe übergeht. Oben sind die Räume des Asyls: zwei Schlafsäle, eine Küche, Waschräume, ein Büro, ein Aufenthaltsraum, in dem die Mahlzeiten eingenommen werden. Nicht mehr als ein Dutzend Frauen kommen hier jede Nacht unter.

»Du musst im Büro auf der Couch schlafen.«

»Das ist okay«, versichere ich ihr.

»Dann komm mit. Bezahlen musst du trotzdem.«

Ich nicke tapfer. Auch wenn's mir um jeden Dollar leidtut. Aber so sind die Regeln, und ich drücke Mary die sechs Dollar für die Nacht in die Hand, bevor sie es sich anders überlegen kann.

Sie geht voran zu ihrem Büro und schließt die Tür auf. Ich bin sogar ganz froh um die Couch, denn ich liege nicht gern mit fünf anderen Frauen in einem der Schlafsäle. Es ist zu eng, zu stickig, eine schnarcht mindestens. Am Schlimmsten aber sind die Schreie, mit denen manche nachts aus ihren Träumen fahren. Die Träume, aus denen auch ich hochschrecke. Wir alle haben Schreckliches erlebt, aber ich möchte daran nicht erinnert werden, weil es Anderen den Schlaf raubt. Ich bleibe lieber für mich.

»Hast du was gegessen, Liebes?« Mary ist versöhnt, weil ich nichts gegen das Büro habe. Sie schaltet die Lampe über dem Schreibtisch ein und rüttelt prüfend an den Türen der beiden Aktenschränke, die neben Tisch, Couch und zwei Stühlen in das schmale Zimmer mit nikotingelben Wänden und Linoleumboden gequetscht sind.

»Nein.«

Sie hebt die Brauen. »Okay, ich sehe in der Küche nach. Am besten bleibst du so lange hier. Du weißt, wie die anderen sein können.«

Ich nicke.

Natürlich weiß ich das. Ich wäre nicht anders.

Normalerweise gibt es abends in der Unterkunft einen deftigen Eintopf, dazu eine dicke Scheibe Brot und Tee. Das reicht, um einen Magen, der ohnehin kaum was bekommt, für die Nacht zu beruhigen. Morgens bekommen wir dann meist noch ein großes Frühstück mit Kaffee und mit etwas Glück ein Lunchpaket, bevor wir wieder auf die Straße geschickt werden.

Es ist eine Unterkunft, die nur in den Nächten Schutz bietet. Tagsüber müssen wir sehen, wo wir bleiben. Trotzdem gehe ich lieber in dieses kleine Asyl und nicht in eines der großen. Dort bekomme ich für meine sechs oder acht Dollar pro Nacht zwar so viel zu essen, wie ich will, aber ich muss mir die Waschräume mit hundert anderen Frauen und Männern teilen, und die Stimmung ist dort immer aufgeladen. Auch in kleinen Unterkünften kommt es zu Streitereien, manchmal auch zu

Gewalttaten unter den Obdachlosen. Aber eben nicht so häufig wie in den großen.

Ich versuche, jedem Ärger aus dem Weg zu gehen.

Während Mary für mich das Abendessen holt, hocke ich mich auf die Couch und krame in meinen Tüten nach Zahnbürste und Zahnpasta. Ich bin todmüde. Nach dem Abendessen will ich nur noch schlafen.

»Hier.« Mary trägt ein Tablett mit einer Schüssel, einem Glas Milch und einem Stück Brot herein. Ich springe auf und nehme es ihr ab. Sie verschwindet wieder und kommt mit einem Stapel Bettzeug wieder, das ich ihr ebenfalls abnehme.

»Danke. Ich kann das schon allein machen«, sage ich.

»Gut. Wenn du noch was brauchst, kennst du ja die Notfallnummer.«

Sie steht noch einen Moment unschlüssig in der Bürotür, während ich bereits das Bettzeug ausbreite.

»Ich komme schon klar«, versichere ich ihr.

Ich bin ihr dankbar, dass sie mich für die Nacht aufgenommen hat, und darum ziehe ich aus dem Geldbündel, das mir der Mann in die Hand gedrückt hat, einen Fünfer und einen Einer und gebe beide Mary. Sie steckt das Geld ein. »Gute Nacht, Cara.«

»Gute Nacht, Mary.«

Die Tür fällt hinter ihr ins Schloss, und ich bin endlich allein. Ich setze mich an den Schreibtisch, der penibel aufgeräumt ist; nichts liegt herum, das Rückschlüsse auf Marys Arbeit zulässt, und die Schränke hat sie vorhin extra kontrolliert. Sie ist nett, aber sie hat mir das Gefühl gegeben, mir nicht zu vertrauen.

Ich kann es ihr nicht verdenken. Vermutlich wäre ich in ihrer Situation nicht anders. Sie kann nie wissen, wer von uns nicht doch versucht, irgendwie an Geld, Alkohol, Drogen oder Waffen heranzukommen, wenn sich die Gelegenheit bietet. Ich bin genauso abgerissen wie die anderen Mädchen und Frauen. Woher soll sie schon wissen, dass ich nicht so bin wie die anderen? Dass ich mir meine Menschlichkeit bewahre, weil nur sie mir ermöglicht, nicht völlig zu verrohen?

Dabei habe ich genug Wut im Bauch, die herauswill. Jeden Tag aufs Neue. Aber statt sie gegen meine Mitmenschen zu richten, behalte ich den Frust für mich. Und manchmal richte ich ihn gegen mich selbst.

Es gibt Hühncheneintopf mit Mais, der etwas zu salzig ist für meinen Geschmack. Aber zusammen mit dem Brot und dem Glas Milch ist er eine vollwertige Mahlzeit, und wer bin ich schon, mich über die Qualität des Essens zu beklagen?

Ich esse alles auf. Anschließend bringe ich das Tablett in die Küche und gehe in den Waschraum, wo ich mir die Zähne putze und das Gesicht wasche. Zurück im Büro schlüpfe ich unter die Bettdecke, knautsche das Kissen unter meinem Kopf zurecht und bin keine zwei Minuten später eingeschlafen.

Ich träume nicht mehr. Vielleicht hat sich das der Teil von mir abgewöhnt, der einer Vergangenheit nachtrauert, die mit meinem Leben nichts mehr zu tun hat. Träume erinnern mich nur zu schmerzlich an das, was ich nicht mehr habe.

Früher habe ich in den Limousinen gesessen. Früher hatte ich einen Fahrer, der mich vor Bettlern und Obdachlosen beschützte.

Früher war ich wie dieser Mann, der mir mit ein paar Geldscheinen einige warme Nächte beschert und sich selbst ein besseres Gewissen verschafft hat. Oder nein, ich war schlimmer, denn ich hätte eine Bettlerin vor meinem Apartmenthaus oder dem Bürogebäude, in dem ich regelmäßig meinem Job nachging, vermutlich ignoriert.

Vielleicht hätte ich sie sogar beschimpft. Weil allein ihre Anwesenheit mich daran erinnert, dass es mehr gibt als das glamouröse Leben eines jungen, erfolgreichen und verwöhnten Mädchens, das sich für Geld alles kaufen kann und nie nachfragt, was die Welt kostet.

Tja, so kann's gehen. Seitdem ist viel passiert.

Als ich am nächsten Morgen aufwache, herrscht auf dem Flur schon der übliche Lärm. Die anderen Frauen streiten sich um die Waschräume und Toiletten, sie fauchen einander an, und eine tritt gegen die Tür. Ich bleibe noch zwei Minuten liegen, ehe ich aufstehe. Über Nacht ist es eiskalt geworden in dem kleinen Raum, und ich reiße das Fenster auf und lasse Frischluft rein, bevor ich die Heizung wieder hochdrehe.

Fünf Minuten später verlasse ich das Büro. Die Kissen und die Decke habe ich zusammengelegt, und auch sonst verrät nichts, dass ich die Nacht dort verbracht habe.

Als ich den Flur betrete, kommt mir eine abgerissene, junge Frau entgegen, die schwankt und sich an der Wand abstützen muss. Ich bleibe stehen und warte, bis sie mich bemerkt.

Ihre Augen sind blutunterlaufen, und ihr Blick ist der eines gehetzten Tiers. Sie ist eindeutig auf Entzug, braucht sofort den nächsten Schuss. Und das macht sie so gefährlich.

Mary und ihre Kollegen achten darauf, keinen Junkies Unterschlupf zu gewähren – dafür gibt es andere Einrichtungen. Aber manchmal lässt es sich nicht verhindern, und dann schlüpft ihnen jemand durchs Netz, der am Abend noch völlig harmlos wirkte, am nächsten Morgen aber für alle eine Gefahr ist.

»Was glotzte so?«, faucht sie mich an.

»Helen.« Natürlich kenne ich sie. Und ich weiß auch, dass sie auf Drogen ist. Offenbar weiß Mary noch nichts davon. »Du darfst nicht hier sein.«

Helen zuckt nur mit den Schultern. »Und?«

»Ich muss das Mary melden«, sage ich.

»Mach doch. Blöde Kuh.« Sie will sich an mir vorbei drängeln. Ich halte sie am Arm fest.

»Lass dir helfen, Helen. Es gibt doch Möglichkeiten ...«

Unwillig reißt sie sich los. Dabei rutscht der Ärmel ihres übergroßen Sweatshirts nach oben und offenbart die Einstichstellen an ihrem Unterarm.

»Verpiss dich.«

Ich seufze. Natürlich ist es Helens gutes Recht, sich selbst zugrunde zu richten, statt Hilfe anzunehmen.

Außerdem habe ich genug eigene Probleme. Zum Beispiel das, wo ich mich heute tagsüber aufhalten soll. Der Blick aus dem Fenster ist nämlich nicht besonders ermutigend: dichtes Schneegestöber von einem grau verhangenen Himmel. Ich kenne den Winter in Chicago gut genug, um zu wissen, dass es den ganzen Tag so weitergehen kann.

Helen lässt mich stehen. Ich packe meine Tüten und Taschen und verlasse das Asyl. Unten auf der Straße starre ich missmutig in den Himmel.

So war das nicht geplant.

Aber mein ganzes Leben war so nicht geplant. Es macht einfach selber Pläne, während man damit beschäftigt ist, am goldenen Löffel zu nuckeln, von dem man glaubt, er werde einem nie aus dem Mund fallen.

Tja, da habe ich mich wohl geirrt. Nichts ist selbstverständlich.

Ich packe die Griffe der Plastiktüten etwas fester. Selbst durch die fingerlosen Handschuhe schneiden sie ins Fleisch, als ich mich auf den Weg mache.

Will

»Herrgott, Nora! Habe ich Ihnen nicht gesagt, dass ich nicht gestört werden will?«

Will schaute nicht von seinen Notizen auf. Doch die Stimme seines besten Freunds und Partners Dalton Parker, der soeben aus seinem Büro stürmte und anfing, seine Sekretärin zur Schnecke zu machen, weil sie – wieder mal! – einen Anruf seiner Ex-Freundin durchgestellt hatte, obwohl er nichts mehr mit Alyson zu tun haben wollte, hörte man auch so auf der ganzen Etage. Das ging schon seit Wochen so. Nora fand nämlich, dass Dalton sich wie ein Arschloch benahm. Womit sie auch recht hatte, aber das rechtfertigte natürlich nicht, dass sie ihn ständig mit seiner Fehlbarkeit konfrontierte.

»Wir müssen Nora entlassen.« Dalton stürmte in Wills Büro und knallte die Glastür mit so viel Schwung hinter sich zu, dass sie leise klirrte.

Will lehnte sich zurück und warf seinen Montblanc-Füller auf die Vertragsmappe. Er faltete die Hände und musterte seinen Freund belustigt.

»Sie ist deine Sekretärin. Du kannst tun und lassen, was du willst.«

Dalton schnaubte und warf sich in den Besuchersessel. Finster starrte er an Will vorbei zu dem Kunstwerk an der Wand.

»Du weißt, dass sie die Beste ist.«

Ja, das wusste Will. Er hätte gerne eine Sekretärin, die auch nur annähernd so schnell und effizient arbeitete wie Nora.

»Dann gib sie mir.« Er grinste.

»Bei dir gibt es wenigstens keine nervenden Ex-Freundinnen«, stöhnte Dalton.

Wills Grinsen wurde breiter. »Es hat schon Vorteile, wenn man nichts anbrennen lässt.«

»Die Nachteile überwiegen meiner Meinung nach. Aber das Thema hatten wir ja schon häufiger.«

Wohl wahr. Für Will waren Frauen oft nur ein Abenteuer, ein flüchtiges Erlebnis. Selten schaffte es eine Frau, seine Aufmerksamkeit länger als für ein, zwei Wochen zu fesseln. Dalton hingegen führte das, was Will gerne im Scherz »ernste Angelegenheiten« nannte – obwohl daran nichts Lustiges war. Dalton verliebte sich heftig, aber wenn es nach einigen Monaten oder einem Jahr zu Ende ging, litt er wie ein Hund.

Wenigstens gingen ihnen so nie gute Gründe aus, nach der Arbeit in der Kanzlei noch einen trinken zu gehen. Das freitägliche Feierabendbier in einer Bar Downtown gehörte zu den Ritualen, die beide zusammenschweißten.

»Musst du nachher noch zu Gericht?«

Will nahm den Füller wieder auf und unterzeichnete die Schriftstücke, die seine Sekretärin Elise ihm vorgelegt hatte. Im Gegensatz zu Nora arbeitete sie manchmal recht schlampig, weshalb er jedes Dokument prüfen musste, bevor er es unterzeichnete. Es war schon vorgekommen, dass er die Sportentschuldigung für Elises Sohn Connor unterzeichnet hatte. Eine amüsante Begebenheit, aber für ihn ein Grund mehr, sich eine Kraft wie Nora an seiner Seite zu wünschen.

»Der Termin wurde vertagt. Ich werde in die Bibliothek gehen und dort nach Literatur suchen, um meine Argumentation im Walter-Fall zu stützen.«

»Viel Erfolg dabei. Du könntest auch einfach die Aufsätze aus der Datenbank ziehen.« Dalton nickte zu dem PC, der auf einem zweiten Schreibtisch stand und langsam vor sich hinstaubte.

»Davon verstehst du nichts, Dalt.«

Sein Partner grinste. »Heute Abend um acht auf einen Absacker ins *Caravaggio*?«

»Spricht nichts dagegen.«

Dalton überließ ihn seiner Arbeit und verließ Wills Büro. Elise nutzte die Gelegenheit und kam mit einem weiteren Stapel Dokumente herein, die seine Unterschrift brauchten. Will seufzte. Hätte er gewusst, was ihn als Teilhaber einer großen Kanzlei erwartete, hätte er sich damals nicht mit Dalton zusammengetan, um Kirk & Associates zu übernehmen.

»Danke, Elise.«

»Wenn Sie sonst nichts mehr haben, würde ich gern heute Mittag schon gehen. Connor hat nachmittags die Generalprobe für sein Singspiel ...«

»Ja, natürlich«, sagte er zerstreut. »Viel Spaß dabei.«

»Danke!« Elise eilte aus seinem Büro. Auch sie knallte die Glastür hinter sich ins Schloss, und Will zuckte zusammen. Dabei rutschte die Feder seines Füllers quer über das Papier und hinterließ auf der letzten Seite des Mandantenvertrags einen hässlichen Riss.

Wie ärgerlich. Jetzt musste Elise den Vertrag noch einmal aufsetzen und den Mandanten um eine neuerliche Unterschrift bitten.

Er machte eine Haftnotiz mit entsprechendem Vermerk an das Dokument, unterschrieb die anderen Schriftstücke und schraubte den Füller zu. Dann nahm er seine Aktentasche, schlüpfte in den Kamelhaarmantel, legte den Kaschmirschal um den Hals und verließ sein Büro.

»Nehmen Sie's nicht zu schwer, Nora.«

Daltons Sekretärin blickte auf. Ihre Augen waren rot verheult, die knallroten Locken sahen ziemlich zerzaust aus. Sie versuchte sich an einem Lächeln, das völlig misslang.

»Danke«, flüsterte sie. »Aber er hat Recht, wissen Sie ... Ich sollte aufhören, mich in sein Leben einzumischen.«

Will reichte ihr die Taschentuchbox, die sie nicht ohne Grund immer auf dem Schreibtisch stehen hatte. Sie rupfte eine Handvoll Kleenex heraus und schnäuzte sich geräuschvoll. »Das sollten Sie nicht tun. Wir wissen doch beide, dass er es nicht besser treffen könnte als mit Ihnen.«

In der Kanzlei war es ein offenes Geheimnis, dass Nora ihren Chef Dalton heiß und innig liebte. Genauso wenig war es ein Geheimnis, dass er ihre schmachtenden Blicke, ihre Hingabe und ihr Unglück seit Jahren ignorierte. Aber Nora gab nicht auf, und das trotzte Will einen gewissen Respekt ab. Er hatte keine Ahnung, wie es war, wenn man jemanden so abgöttisch liebte. Aber wenn er sich Nora in diesem Augenblick so anschaute, schien es kein besonders angenehmes Gefühl zu sein.

»Nur nicht aufgeben!«, versuchte er sich an einer Aufmunterung. Sie lächelte tapfer und warf die Taschentücher in den Papierkorb.

Will stieg in den Fahrstuhl und fuhr in die Tiefgarage. Zwanzig Minuten später hatte er sein Ziel erreicht: Die juristische Abteilung der Chicago Library bot alles, was sein Juristenherz begehrte. Regalreihen voller Aufsatzsammlungen, die er für den neuen Fall brauchte. Es ging um eine vertrackte Vertragsangelegenheit, die er für einen Mandanten zu lösen entschlossen war, bevor es zu einer Verhandlung vor Gericht kam. Sein Mandant hatte ihm nämlich unmissverständlich klargemacht, dass er Gerichtsverhandlungen verabscheute, er sich in diesem Fall im Recht sah und deshalb wenig Lust hatte, vor einem Richter auszusagen.

Will legte Block und Stift zurecht und machte sich dann auf die Suche nach der Literatur, die er für seine Argumentation benötigte.

Als er zehn Minuten später zu dem Tisch zurückkehrte, saß jemand auf dem zweiten Stuhl neben seinem. Sofort wallte Ärger in ihm hoch, denn nicht ohne Grund hatte er sich vorher schon so ausgebreitet, dass niemand sich zu ihm setzen konnte. Er hasste es, wenn jemand neben ihm schniefte, murmelte oder sonst wie *anwesend* war.

Noch dazu, wenn es sich offenbar um eine stinkende Pennerin handelte.

Sie blickte nicht auf, als er an den Tisch trat und den Bücherstapel ablegte. Stattdessen legte sie den Kopf auf die Arme und starrte in das Buch, das aufgeschlagen vor ihr auf einem Stapel Bücher lehnte. Ihre dunklen, wachen Augen huschten über die Zeilen.

Vielleicht hätte er kein Problem mit ihr gehabt, wenn sie eine saubere und schick gekleidete Jurastudentin gewesen wäre. Aber ihre Klamotten starrten vor Dreck. Die Fingerhandschuhe waren vielleicht irgendwann mal naturfarben gewesen, jetzt handelte es sich nur noch um verfilzte, eklig gräuliche Gebilde. Sie schniefte und wischte mit dem Ärmel eines übergroßen Sweatshirts die Nase ab. Die rote Wollmütze Es war einfach nur widerlich, und er schaute sich im Lesesaal nach einem anderen freien Tisch um.

Leider waren inzwischen alle Tische besetzt.

Seufzend ließ er sich auf den Stuhl sinken und zog die Bücher zu sich heran. Sie blickte nicht mal auf, als er das oberste aufschlug und begann, nach dem Gesetz zu suchen.

Okay, immerhin stank sie nicht. Will hatte bisher versucht, nicht durch die Nase zu atmen. Als er jetzt vorsichtig einatmete, war er halbwegs beruhigt, denn ja, sie stank nicht. Oder zumindest nicht so schlimm wie befürchtet.

Halbwegs versöhnt machte er sich an die Arbeit. Wenn sie ihn in Ruhe ließ, brauchte er sich auch nicht beim Personal zu beschweren, das offenbar im Winter abgerissenen Obdachlosen Asyl in der Jura-Abteilung gewährte. Gab es dafür nicht den Lesesaal mit den Romanen?

»Entschuldigung ...«

Er blickte auf.

Sie sah ihn über den Tisch hinweg an. Ihre Lippen waren voll und von einem helle, zarten Rosa. Etwas rissig. Trotzdem stellte er sich vor, wie es wohl war, sie zu küssen. Unter der Strickmütze schauten ein paar Strähnen ihrer dunkelbraunen Haare hervor, die erstaunlich gepflegt wirkten.

»Ja?«, fragte er höflich.

»Haben Sie vielleicht Zettel und Stift für mich?«

Er blickte auf den Block und die drei Bleistifte, die er daneben gelegt hatte.

»Nein, tut mir leid«, hörte er sich sagen.

»Ach so. Trotzdem danke.« Sie schien enttäuscht. Er sah ihr nach, als sie aufstand und zum Informationstresen ging. Ihre Tüten und Taschen ließ sie rings um ihren Stuhl einfach liegen.

Er hasste Unordnung.

Während er sich wieder in seine Arbeit vertiefte, entging ihm nicht, wie sie zurückkam. Sie hatte es tatsächlich geschafft, einen kleinen Notizblock und einen Kugelschreiber zu ergattern. Das allein erstaunte ihn schon; die Mitarbeiter der Bibliothek waren nicht gerade für ihre Kooperationsbereitschaft bekannt. Ein Umstand, mit dem er sich bei seinen Recherchen leider allzu oft konfrontiert sah.

Sie setzte sich auf den Stuhl und begann, eine Textpassage aus dem Buch abzuschreiben.

Will versuchte, sich wieder auf seine Arbeit zu konzentrieren.

Aber sie störte ihn!

»Da drüben stehen auch Kopierer«, sagte er.

Sie blickte auf. »Kein Geld«, sagte sie nur, als wäre er total dämlich.

Er biss sich auf die Wangeninnenseite. Natürlich hatte sie kein Geld. Wahrscheinlich ging es ihr auch nicht um den Text, den sie gerade abschrieb, sondern einfach nur darum, ihn zu nerven.

Er zog ein paar Münzen aus der Hosentasche und schob sie rüber.

Sie blickte nicht mal auf.

Er wurde langsam ärgerlich.

»Hören Sie, es gibt auch Leute, die zum Arbeiten herkommen. Da müssen Sie nicht den ganzen Tag einen Tisch blockieren und so tun, als hätten Sie etwas Ultrawichtiges zu erledigen. Also nehmen Sie schon mein Geld und kopieren Sie, was Sie unbedingt brauchen. Und lassen Sie mich dann gefälligst in Ruhe.«

Sie blickte hoch. Ihr Gesicht war ziemlich blass geworden.

»Für mich geht es hier um mehr als nur Arbeit«, erwiderte sie gefasst. »Es geht um meine Existenz. Um all das, was ich verloren habe. Aber vielen Dank, dass Sie mir das Gefühl geben, weniger wert zu sein als Sie. Ich versuche wenigstens, wieder aus dem Sumpf zu kommen, in den ich geraten bin. Ich ergebe mich nicht, hören Sie?«

Ihre dunklen Augen schienen förmlich Funken zu versprühen. Plötzlich kam Will sich schäbig vor. Er versuchte, sich zu entschuldigen, doch während er noch nach den richtigen Worten suchte, sprang sie auf und raffte ihre Tüten und Taschen zusammen.

»Sie sind widerlich«, fauchte sie.

Will stand auf. »Warten Sie ...«

Doch sie stürmte aus dem Lesesaal. Die Bücher und ihre Notizen ließ sie zurück, was schon unter normalen Umständen eine Todsünde war. Aber durch den Aufruhr, den sie verursachte, drehten sich die Köpfe der anderen Anwesenden, und einige zischten empört. Will fühlte sich bemüßigt, entschuldigend zu lächeln.

Dann griff er über den Tisch nach ihren Notizen. *Todsünde.* Es ging ihn doch nichts an, was eine Irre auf ein paar Zettel kritzelte, nur um nicht von den Mitarbeitern verscheucht zu werden.

Er runzelte die Stirn. Sie hatte auf drei Zetteln in einer fein geschwungenen, fast mädchenhaften Schrift einige Dinge notiert, die gar nicht so dumm klangen.

Über allem stand eine Frage: *Wie bekomme ich meine Firma zurück?*

Darunter hatte sie den Namen einer Firma notiert. Will sagte der Name nichts, aber das musste ja nichts heißen. Darunter standen ein paar Fakten.

Und hier wurde es interessant.

Er stand auf. Er hatte keine Ahnung, ob er gerade einer Hochstaplerin aufsaß oder ob sie tatsächlich mal eine Firma namens *Fashionista ETC.* besessen hatte, die sie nach der Pleite ihres Vaters verloren hatte, weil der für sie gebürgt hatte. Er wusste auch nicht, ob es den Tatsachen entsprach, dass sie auch ihr Privatvermögen verloren hatte – inklusive einer über eine Million Dollar teure Wohnung im Herzen der Stadt. Sie hatte sogar die Adresse notiert – es handelte sich eindeutig um eine richtig gute Wohngegend.

Es konnten auch nur die Hirngespinste einer Obdachlosen sein, die irgendwas aufschrieb, um sich aus dem Elend fortzuträumen. So würde Will es vielleicht machen, wenn er in eine ähnliche Situation geriet ... Wobei ihm etwas Vergleichbares niemals passieren würde, denn er war ein Mann, der sehr auf Sicherheit bedacht war. Vor allem in finanzieller Hinsicht.

Aber vor allem der Name des Mannes, der an ihrem Elend schuld sein sollte, weckte sein Interesse.

»Tyler Locke«, murmelte Will.

Tyler Locke war niemand Geringeres als einer der reichsten, begehrtesten Junggesellen der Stadt. Ach was, des Landes! Davon abgesehen besaß er ein wahnsinnig großes Konsortium aus Firmen, ein Konglomerat aus Beteiligungen und Aktienpaketen und war in mehrere Hedgefonds involviert.

Und er war seit wenigen Tagen ein Mandant von Kirk & Associates. Jener Mandant, der nicht gerne vor Gericht ging. Jener Mandant, der nie das Licht der Öffentlichkeit suchte, der es sogar so sehr scheute, dass er jedes Magazin, jeden Blog und jede Tageszeitung verklagte, die es wagten, auch nur ansatzweise über die Privatperson Tyler Locke zu berichten. Womit er so erfolgreich war, dass viele Medien es inzwischen aufgegeben hatten, über ihn zu berichten. Nur ein kleiner, unbedeutender Blog von einem gewissen Jess Walter setzte sich über diese Klagewelle hinweg, weil er sich auf den Standpunkt stellte, dass Tyler Locke eine Person des öffentlichen Lebens sei und daher kein Recht habe, sein Privatleben privat zu halten.

Wenn jemand Tyler Lockes Namen kannte, dann wohl nur, weil derjenige schon einmal mit ihm zu tun gehabt hatte. Und nun fand Will diese Zettel ...

Er traf eine Entscheidung. Rasch nahm er Block und Stifte, stopfte alles unordentlich in seine Aktentasche und verließ mit weit ausgreifenden Schritten den Lesesaal. Wieder fuhren Köpfe hoch, wieder schnalzten einige Besucher missbilligend mit der Zunge. Aber das kümmerte ihn nicht, denn er musste unbedingt die junge Frau finden. Er wollte wissen, warum sie Tyler Locke kannte.

Seine Neugier war geweckt.

Und ja, vielleicht auch irgendwie sein Jagdinstinkt.

Cara

Ich darf mich nicht wundern, dass ich von so einem eingebildeten Juristen verjagt werde. Ich sehe ja auch schrecklich aus.

Die Konfrontation mit ihm hat mir weiche Knie beschert, weshalb ich mich erstmal im Erdgeschoss auf die Damentoilette verkrochen habe. Dort stehe ich vor dem Spiegel und blicke in mein müdes Gesicht. Ich habe bei dem hastigen Aufbruch meine Notizen oben im Lesesaal vergessen.

Aber diese Notizen werden mir meine Firma genauso wenig zurückbringen wie all meine anderen Bemühungen. Es ist vorbei. Seit ich auf der Straße lebe, habe ich keine Chance mehr, jemals wieder Chefin von *Fashionista ETC.* zu sein. Mein Baby, mein Herzblutprojekt, das ich in vier Jahren aus dem Nichts erschaffen habe, wurde einfach von den Umständen und der Wirklichkeit fortgeschwemmt. Ich habe Fehler begangen, die meinen eigenen Untergang herbeigeführt haben; habe Menschen vertraut, denen ich niemals hätte vertrauen dürfen. Den Preis zahle ich nun allein, denn alle anderen Beteiligten haben es geschafft, sich nicht nur geschickt aus der Affäre zu ziehen, sondern auch noch Kapital aus meinem Verlust zu schlagen.

Ich weiß, dass meine Firma inzwischen Teil eines großen Konsortiums ist. Sie wurde geschluckt, wie man so schön sagt. Jemand hat gerade genug Geld auf den Tisch gelegt, damit ich einen Großteil meiner Schulden begleichen konnte, bevor ich aus dem Apartment flog, das ich erst ein halbes Jahr zuvor bezogen hatte.

Ich kenne sogar die Geschäftsführerin, die meinen Platz eingenommen hat. Ich kenne sie sogar sehr gut, denn bevor ich alles verlor, war sie meine Assistentin und beste Freundin. Wobei Caroline erst meine beste Freundin gewesen ist und dann meine Assistentin wurde. Am College waren wir Zimmergenossinnen, und als ich nach meinem Abschluss in Psychologie und Modedesign die Firma gründete, stellte ich sie ein. Erstens, weil sie keinen Job fand. Und zweitens, weil ich es mir toll vorstellte, mit den Menschen zusammenarbeiten zu können, mit denen ich auch in meiner Freizeit gut zurechtkam.

Ich habe mich selten so sehr in einem Menschen geirrt wie bei ihr.

Obwohl ... Ich habe mich in vielen Menschen getäuscht.

Ich drehe das kalte Wasser auf und klatsche es mir ins Gesicht, bis meine Haut kribbelt und leicht gerötet ist. Dann tupfe ich mit einem Papierhandtuch die Wangen ab und starre mich im Spiegel an. Ich muss unbedingt die Notizen holen. Was ich in dem Gesetzestext gefunden habe, könnte meine Rettung sein.

Ich brauche nur noch einen Anwalt, der meine Sache vertritt.

Bei dem Gedanken muss ich irre kichern. Das wird kein Anwalt dieser Welt tun. Mich vertreten! Ich könnte mir ja nicht mal eine einzige Honorarstunde leisten, geschweige denn den Auftrag erteilen, dass ein Anwalt sich meiner

Sache annimmt ... Und selbst wenn – welcher Anwalt würde schon für eine Pennerin wie mich arbeiten?

Aber irgendwas muss ich tun. Ich muss wenigstens versuchen, meine Firma zurückzubekommen.

Ich sammle meine Taschen und Tüten zusammen, werfe mir im Spiegel einen trotzigen Blick zu und marschiere aus der Damentoilette.

In der großen Eingangshalle lenke ich meine Schritte zurück zu der breiten Freitreppe. Doch bevor ich meinen Fuß auf die unterste Stufe stellen kann, spüre ich eine Hand, die meinen Ärmel berührt.

Ich fahre herum. Ich habe keine Lust, mich von einem Mitarbeiter zusammenstauchen zu lassen, nur weil ich etwas abgerissen aussehe. Sollen die doch versuchen, gepflegt und frisch auszusehen, wenn sie die meisten Nächte und alle Tage auf der Straße verbringen ...

»Was ...«

Hinter mir steht der Jurist, mit dem ich mir vorhin den Tisch im Lesesaal geteilt habe. Der mich verjagt hat.

Ich weiche vor ihm zurück und wäre fast über meine eigenen Füße gestolpert.

»Entschuldigung ... Ich wollte nicht ...« Er wirkt ehrlich betroffen, dass er mich so erschreckt hat.

»Idiot«, fauche ich ihn an. »Reicht es Ihnen nicht, mich aus dem Lesesaal verjagt zu haben?«

»Nein, ja ...«

»Was dann?«

»Hier.« Er hält mir die Zettel hin, die ich im Lesesaal vergessen habe. »Tut mir leid, die haben Sie vergessen. Ich dachte, die brauchen Sie vielleicht noch.«

Ich starre erst ihn an, dann auf meine Notizen in seiner Hand.

»Ich kam nicht umhin, einen Blick auf Ihre Notizen zu werfen.«

Ich kam nicht umhin ... Du meine Güte, hat er einen Stock verschluckt? Ich muss mir ein Kichern verkneifen. Die Wut überwiegt ohnehin. Was gehen ihn meine Aufzeichnungen an?

»Schön für Sie«, gebe ich zurück und reiße ihm die Zettel aus der Hand. »War's das?«

Er zögert.

»Dachte ich mir.«

Bevor ich mich abwenden kann, spüre ich, wie er wieder meinen Ärmel berührt. »Kann man Ihnen irgendwie helfen? Also, ich weiß natürlich nicht, ob Sie schon anwaltlich beraten werden, aber ...«

Ungläubig starre ich ihn an. Anwaltlich beraten? Jetzt muss ich wirklich lachen.

»Klar«, gebe ich sarkastisch zurück. »Es kümmert sich eine ganze Armada von Anwälten um meine Belange. Ich bin doch die Traummandantin jedes Anwalts.«

Er lächelt. Verdammt. Dass er mich so anlächelt, bringt mich gerade völlig aus dem Konzept. Er sieht nämlich verdammt gut aus mit den dunkelbraunen Haaren, die eine Spur zu lang sind, um modisch zu sein. Und er wirkt auf eine saubere, attraktive Art unrasiert. Seine blauen Augen sind ganz auf mich gerichtet, und es fällt mir schwer, den dicken Panzer aufrechtzuerhalten, den ich mir auf der Straße zugelegt habe.

»Ich kann Ihnen helfen. Wenn Sie wollen, setzen wir uns zusammen und unterhalten uns mal. Sie schildern mir Ihren Fall, und ich werde sehen, was man tun kann. Vielleicht ist Ihnen damit mehr geholfen, als wenn Sie sich als Amateurjuristin versuchen.«

Ich lache auf. »Na sicher. Ich sehe auch aus, als könnte ich es mir leisten.«

Er hebt beschwichtigend die Hand. »Es geht mir nicht ums Geld. Wir könnten eine Honorarvereinbarung auf Erfolgsbasis treffen, dann gehen Sie überhaupt kein Risiko ein.«

Ich lasse ihn nicht weiterreden, sondern fahre herum und stürze aus der Bibliothek. Heiße Tränen brennen in meinen Augen. Wie gemein von ihm, so mit meiner Hoffnung zu spielen! Ich stolpere die Stufen der Treppe runter, und ehe ich mich versehe, spüre ich, wie ich auf einer vereisten Stufe ausrutsche, und im nächsten Moment fliege ich inmitten meiner Tüten und Taschen nach unten.

Mindestens zwanzig Stufen falle ich hinunter, überschlage mich mehrmals und bleibe unten liegen. Passanten drehen sich in meine Richtung, ich höre eine ältere Damen im Pelzmantel murmeln: »So jung und schon so kaputt.«

Ich versuche, mich aufzurappeln, aber ich spüre sofort, dass irgendwas nicht stimmt. Als ich den rechten Fuß belaste, spüre ich, dass er irgendwie ... kaputt ist. Ich kann mit diesem Fuß definitiv nicht auftreten.

Fantastisch. Mit kaputtem Fuß ist das Leben auf der Straße noch schwerer zu bewältigen ... Geschweige denn, dass ich zu einem Arzt gehen kann. Denn klar, eine Krankenversicherung habe ich nicht. Ich kann allenfalls versuchen, in einem Gesundheitszentrum eine Erstversorgung zu bekommen.

Aber das ist gar nicht meine größte Sorge. Ich will weglaufen, diesen attraktiven Teufel von einem Anwalt hinter mir lassen, dessen Worte in mir etwas aufkeimen lassen, das ich nicht zulassen darf – Hoffnung.

Hoffnung ist Gift. Wenn man hofft, hört man auf zu kämpfen ...

»Ist Ihnen was passiert?«

Und schon ist er wieder da. Seine Hände greifen mir unter die Arme und er stellt mich auf die Füße. Ich beiße die Zähne zusammen, aber ich ächze leise vor Schmerzen.

»Ist Ihnen auch nichts passiert?«

»Alles okay«, presse ich hervor.

»Es tut mir echt leid. Ich hätte Sie nicht so bedrängen dürfen.«

»Schon okay.« Ich bücke mich und klaube die Tüten auf. Mir schießen weitere Tränen in die Augen, denn mein Fuß brennt wie Feuer. Aber auf keinen Fall darf ich mir anmerken lassen, dass ich verletzt bin.

»Äh, also ... Ich muss leider wieder an die Arbeit. Aber ich gebe Ihnen meine Karte. Hier.« Er drückt mir eine Visitenkarte in die Hand. »Melden Sie sich. Oder kommen Sie vorbei. Versprechen Sie mir das? Ich nehme mir Zeit für Sie, okay?«

Ich starre auf die Karte. Er schaut nach links und rechts, dann gibt er sich einen Ruck. »Bis bald. Ja?«

Ich nicke automatisch, ohne den Blick von der Karte zu lassen.

Will Thompson, Kirk & Associates. Darunter eine Telefonnummer und eine exklusive Adresse am Loop, also im besten Geschäftsviertel von Chicago. Dort, wo die richtig teuren Büros sind.

Der erste Eindruck, den er auf sein Gegenüber macht, wenn man sich mit diesen Dingen auskennt – nämlich dass er richtig viel Geld hat – wird dadurch bestätigt.

Vermutlich würde ich nicht mal an seiner Sekretärin vorbeikommen. Oder am Portier im Foyer des Bürogebäudes. Insofern geht er kein Risiko ein, wenn er mir seine Karte gibt.

»Warten Sie.« Er nimmt mir die Karte ab, zieht aus der Innentasche seines Mantels einen teuer wirkenden Kugelschreiber und stützt die Karte auf der Hand ab, während er etwas notiert. »Ich gebe Ihnen noch meine private Handynummer. Falls Sie Probleme haben, melden Sie sich. Bitte.«

Ich bleibe stehen, nehme die Visitenkarte und warte, bis er sich abwendet. Erst nachdem er wieder in der Bibliothek verschwunden ist, drehe ich mich um und humple langsam davon. Meine Hüfte hat auch was abbekommen, und ich spüre, wie mir vor Schmerzen Tränen über die Wangen laufen.

Eine Stunde später sitze ich in der Notaufnahme der nächstgelegenen Klinik und warte geduldig, dass ich aufgerufen werde.

Inzwischen bin ich schweißgebadet und habe das Gefühl, keine Luft mehr zu bekommen. Und das liegt nicht nur daran, dass ich Angst vor Ärzten und Untersuchungen habe. So geht es vermutlich so ziemlich jedem, der hier sitzt. Nein, ich habe echt heftige Schmerzen. Und ich frage mich, was mich erwartet.

Was soll ich sagen, wenn mich ein Arzt fragt, ob ich jemanden habe, der sich um mich kümmert, weil meine Verletzungen so schlimm sind, dass ich nicht allein sein darf? Oder wenn sie mich gleich hier behalten wollen?

Mir wird fast schwarz vor Augen, und ich warte, bis das Gefühl vergeht, bevor ich langsam aufstehe und zu dem Tresen gehe, wo ich mich vor einer Dreiviertelstunde angemeldet habe.

»Entschuldigung«, flüstere ich.

Die Schwester blickt hoch und sieht mich nicht unfreundlich an. »Ja bitte?«

»Können Sie ...« Mir bleibt fast die Luft weg. »Können Sie mir sagen, wie lange ich noch ... warten muss?«

Ihr Blick huscht zu der digitalen Anzeigetafel, auf der mein Name unter vielen steht. »Und Sie sind?«

»Cara.« Ich räuspere mich und sage lauter meinen Namen. »Cara Sanders.«

Wenn sie den Namen kennt, zeigt sie es nicht. Ungerührt schaut sie auf die Tafel. »Das wird noch ein Weilchen dauern, Miss Sanders. Richtige Notfälle haben immer Vorrang. Wir haben gerade einen ziemlich schweren Verkehrsunfall hereinbekommen, und ...«

Mehr höre ich nicht, denn ich kippe einfach um. Die Schwärze rings um mich ist so absolut, dass mein letzter Gedanke darin einfach verschluckt wird.

Jetzt bin wohl ich ein richtiger Notfall ...

Als ich wieder zu mir komme, liege ich in einem Behandlungszimmer auf einer Liege. Jemand hat mir in der Zwischenzeit einen Zugang gelegt, über den ich mit FLüssigkeit und Schmerzmitteln versorgt werde. Ich habe ein angenehm wattiges Gefühl im Kopf, und der Schmerz in Brust, Hüfte und Fuß ist nur noch eine Erinnerung.

Am Fußende meiner Liege steht eine junge Frau im weißen Kittel und notiert etwas in meiner Krankenakte. Ich bewege mich, und sie blickt auf.

»Sie sind wach, das ist gut.« Sie tritt an meine Seite und nimmt meine Hand. »Sie haben sich zwei Rippen gebrochen, und eine drohte, sich in Ihre Lunge zu bohren und sie zu perforieren. Aber das bekommen wir wieder in den Griff. Außerdem schicken wir Sie gleich zum Röntgen, um auszuschließen, dass Sie die Hüfte gebrochen haben. Der Fuß war nur eine Prellung.« Sie musterte mich prüfend. »Warum haben Sie nicht auf einen Krankenwagen gewartet?«

Fast hätte ich gelacht. Aber dann fällt mein Blick auf die Tüte mit meinen Sachen, die auf einem Stuhl an der Wand liegt. Unter dem Stuhl sind meine Taschen verstaut, und ich verstehe.

Die junge Ärztin kennt mich nur als die Patientin im Krankenhemd, die vor ihr liegt. Sie weiß nichts von meinem Leben auf der Straße oder davon, dass ich keine Versicherung und auch kein

Geld für die Klinikrechnung habe. Für sie bin ich eine Patientin wie jede andere auch.

Ich atme tief durch.

Es ist lange her, dass jemand mich so gesehen hat. Ich meine, wirklich *gesehen*, und nicht hastig den Blick abwendet oder sich mit einer Handvoll Geldscheine aus der Verantwortung stiehlt. Beides habe ich in den letzten 24 Stunden erlebt, und in beiden Fällen hat es sich nicht gut angefühlt. Es hat mich sogar regelrecht zerrissen, weil ich weiß, dass diese beiden Männer – gestern der erste vor dem Büroturm, heute der zweite in der Bibliothek – mich früher mit ganz anderen Augen gesehen hätten. Für sie wäre ich unter anderen Umständen vielleicht sogar einen Flirt wert gewesen.

Ich hätte jedenfalls versucht, mit ihnen zu flirten. Mit beiden, denn irgendwie ... sie interessierten mich beide.

Das ist bestimmt das Morphium, das man mir gegen die Schmerzen gegeben hat. Davon wird man nicht nur in Watte gehüllt, sondern auch ganz weich in der Birne.

Aber ich genieße diese Träumerei für einen Augenblick. Denn nichts anderes ist es. Pure Träumerei von einem anderen Leben, das längst vorbei ist.

Im ersten Moment merke ich auch gar nicht, dass die junge Ärztin immer noch mit mir spricht. Erst als sie meinen Unterarm berührt, schrecke ich aus der Träumerei hoch und blicke sie verwirrt an.

»Kann ich jemanden für Sie anrufen, Miss Sanders? Ihre Eltern oder Ihren Freund?«

Ich antworte nicht.

Oder ob sie sich mit meiner Antwort zufrieden geben würde?

Meine Eltern? Oh, das ist schlecht. Meine Mom hat sich aus dem Staub gemacht und schippert auf einer dicken Yacht durch die Ägäis. Und mein Dad ... versuchen Sie's mal im Staatsgefängnis von New York. Aber ich muss Sie enttäuschen, er wird sich wohl kaum um mich kümmern können.

Mein Leben als Scherbenhaufen.

»Wir können Sie nicht nach Hause entlassen, wenn Sie keine Kontaktperson benennen können. Derjenige sollte Sie am besten abholen.«

Etwas ratlos schaut die Ärztin auf das Klemmbrett. Mir klappen die Augen zu, und ich genieße den schmerzbefreienden Rausch des Morphiums.

»Okay, ich lasse mir was einfallen«, sagte sie. Ich höre, wie sie den Raum verlässt.

Das nächste, was ich bewusst wahrnehme, ist das Klappern, als jemand die Bremsen des Betts löst und es auf den Gang rollt. Ich halte die Augen geschlossen, denn solange ich nicht hinsehe, rede ich mir ein, brauche ich auch keine Fragen zu beantworten.

Mein Bett wird in einen Fahrstuhl geschoben. Jemand drückt einen Knopf, dann höre ich zwei Stimmen, die sich leise unterhalten.

»Merkwürdig, nicht wahr?«

Das ist die junge Ärztin, die mich vorhin versorgt hat.

»Vielleicht hat sie sich mit ihrem Freund gestritten.« Die zweite Stimme gehört zu einem Mann und klingt noch jünger als die der Ärztin.

»Trotzdem hätte sie doch nur sagen brauchen, dass sie seine Karte in der Jackentasche hat.«

»Ich finde es eher seltsam, dass sie außer ihrem Führerschein und ein paar Dollar nichts in den Taschen hatte. Kein Handy, meine ich. Wer ist heutzutage ohne Handy unterwegs?«

Als Obdachlose ist das ganz normal. Es wäre sogar gefährlich, wenn man ein Handy besitzt, weil es geklaut werden könnte. Da sind die andere Penner nicht zimperlich, sobald sie das mitkriegen.

Aber ich halte einfach die Augen geschlossen und höre zu, wie sich die beiden leise unterhalten.

»Stimmt schon. Naja, geht uns ja auch nichts an. Wenn sie Stress mit ihrem Freund hat, sollen sie das unter sich ausmachen. Oder meinst du, er hat sie so zugerichtet?«

»Kann schon sein. Sieht aus, als wäre sie die Treppe runtergefallen.«

»Ich werde auf Station Bescheid sagen, dass sie aufpassen, wenn er nachher kommt.«

Ich bin gerade ganz froh, dass ich mich in den Schmerzmittelrausch retten kann, denn das, was die beiden da sagen, ergibt für mich überhaupt keinen Sinn. Wer soll bitteschön mein Freund sein? Wessen Karte ...

Der Anwalt aus der Bibliothek, denke ich. Klar, das muss es sein. Ich bin ja keine exzessive Sammlerin von Visitenkarten, sondern hatte nur die eine bei mir, als ich in die Notaufnahme kam.

Haben sie ihn etwa angerufen? Kommt er hierher?

Das ist so absurd, dass ich kichern muss. Doch weil die Ärztin und ihr Kollege gerade damit beschäftigt sind, mein Krankenbett aus dem

Fahrstuhl zu manövrieren – was ich trotz der Schmerzmittel ziemlich deutlich am ganzen Körper spüre – bekommen sie nichts davon mit.

Sie bringen mich in ein Krankenzimmer. Ich höre, wie das Bett arretiert wird, dann die Stimmen der beiden. Jemand zieht die Decke glatt, dann das Rascheln einer Plastiktüte (in der sich meine Klamotten befinden). Irgendwie bin ich gerade froh, dass ich bei jeder Gelegenheit, die sich mir bietet, in einem Waschsalon meine Dreckwäsche wasche. Macht ja auch nicht jeder, wenn er auf der Straße lebt.

Trotzdem schäme ich mich für meine Sachen. Man sieht ihnen inzwischen an, dass sie ziemlich abgetragen sind.

»So. Ich sage vorne Bescheid, dass sie hier ist.«

Danach lassen sie mich allein. Ich warte noch ein paar Minuten, ehe ich mühsam die Augen öffne.

Ich habe ein Einzelzimmer bekommen. Geräumig, mit Fenster zu einem Innenhof und Blick auf den grauen Himmel. Es schneit schon wieder, und der Baum vor dem Fenster wird vom Weiß eingehüllt. Wunderschön, denke ich. Wunderschön ...

Will

Beinahe behutsam legte Will den Hörer auf. Er lehnte sich zurück und faltete die Hände.
Hatte er richtig gehandelt?
In gewisser Weise schon.
Der Anruf aus der Klinik hatte ihn überrascht, doch als die Mitarbeiterin ihn fragte, ob er eine Cara Sanders kenne, hatte er es im ersten Moment geschafft, der Frage so geschickt auszuweichen, dass sie ihm mehr verriet. So viel, dass für ihn schon nach wenigen Sätzen klar war, dass es sich um die Obdachlose aus der Bibliothek handelte, die er so schrecklich behandelt hatte.
Darum bestätigte er auf Nachfrage, dass jene Cara Sanders seine Freundin sei.
»Wir wissen nichts über ihren Versichertenstatus«, sagte die Mitarbeiterin. »Können Sie uns sagen, an wen wir uns wenden müssen?«
»Da sind Sie bei mir schon richtig«, hörte Will sich sagen. Er beugte sich vor und tippte Cara Sanders' Namen in das Suchfeld von Google ein. Schon die ersten Ergebnisse bestätigten seine Vermutung, dass ihm der Name zu Recht bekannt vorkam.
»Heißt das, sie ist bei Ihnen mitversichert?«
»Soweit ich weiß, hat sie keine Versicherung«, sagte er. »Aber Sie können die Rechnung an mich schicken, ich komme dafür auf.« Er nannte ihr

seine Daten und erkundigte sich, ob er Cara später am Tag besuchen könne.

Nachdem auch das geklärt war, legte er auf. Und nun saß er hier und starrte auf das hübsche Gesicht von Cara Sanders, ihres Zeichens Inhaberin des Modelabels *Fashionista ETC.*, das durch die Pleite ihres Vaters vor gut einem Jahr in den Abwärtsstrudel gerissen worden war.

Es konnte also kein Zweifel bestehen, dass die junge Frau aus der Bibliothek jene Schönheit war, die ihm von zahllosen Fotos aus der Klatschpresse strahlend entgegen lächelte, auch wenn die beiden Frauen nicht mehr viel Ähnlichkeit miteinander hatten. Die Cara, der er begegnet war, war eine ganz andere Frau. Aber was wusste er schon ... Außer, dass er sich offenbar durch Äußerlichkeiten blenden ließ.

Er beugte sich vor und suchte weitere Details über Cara Sanders' Vergangenheit.

Es dauerte nicht lange, bis er in den Weiten des Internets genug Informationen fand, die in ihm ein unbehagliches Gefühl entstehen ließen. Zugleich wusste er, dass es absolut richtig war, ihr zu helfen. Diese junge Frau war unverschuldet in eine schlimme Notlage geraten – zumindest, wenn man dem glauben konnte, was die Zeitungen schrieben. Und darum war es kein Wunder, dass sie versuchte, diese Ungerechtigkeit auszumerzen.

Die Klinikmitarbeiterin hatte ihm nicht verraten, wie schlimm Caras Verletzungen waren. Er hatte den Sturz gesehen, doch er war ihr nicht nachgelaufen. Vielleicht hatte er gewusst, dass sie jegliche Hilfe von ihm zurückgewiesen hätte. Aber da er nun für ihre Kosten aufkam, hatte er sicher ein Recht darauf, nach ihr zu schauen.

Als er sein Büro verließ, lief ihm Dalton über den Weg, der wieder mal an seinem Handy hing. Dalton hob die Hand, damit Will auf ihn wartete.

»Nein, Alyson. Ich werde dir nicht die neuen Schlüssel zu meiner Wohnung aushändigen. Denn wir wohnen nicht mehr zusammen. – Mir ist egal, dass du nicht weißt, wohin. Geh doch zurück zu deiner Mutter. Die war noch nie ein großer Fan von mir und wird dich mit offenen Armen empfangen.«

Er legte auf und seufzte.

»Wie war der Termin bei Gericht?«, fragte Will.

»Ermüdend. Wie fast alle Termine bei Gericht. Richterin Greer hat so ziemlich jeden einzelnen unserer Anträge kassiert. Ich hasse das.«

»Dann geht es Montag mit der Auswahl der Jury weiter?«

»Sieht ganz danach aus ... Hör mal, kannst du Alyson für ein paar Tage bei dir aufnehmen? Ich habe sie vor die Tür gesetzt, aber sie weigert sich, zu verschwinden. Vielleicht kannst du mit ihr reden ...«

Will hob abwehrend die Hände. »Sicher nicht. Das ist ja wohl eine Sache zwischen Alyson und dir. Da mische ich mich nicht ein.«

Dalton seufzte. Komisch, dass er nicht sah, wie viel sie ihm noch bedeutete ... Aber Will wies ihn nicht darauf hin, sondern verabschiedete sich.

In der Klinik angekommen fragte er sich zu der Stationsschwester durch, die ihn angerufen hatte. Schwester Rita war eine hübsche, blonde

Mittdreißigerin, die ihre Haare zu einem Pferdeschwanz hochgebunden trug und passend zu ihrer blauen Schwesterntracht dunkelblaue Crocs und Wollsocken trug. Als Will sich ihr vorstellte, hellte sich ihre Miene sofort auf.

»Das ist schön, dass Sie noch vorbeikommen. Es gibt noch einige Fragen bezüglich der Rechnung.«

»Zuerst möchte ich natürlich wissen, wie es meiner Freundin geht«, unterbrach Will sie nicht unhöflich.

»Ja, natürlich. Also, wir haben ihren Kreislauf stabilisiert und konnten auch die gebrochenen Rippen versorgen. Die Hüfte ist ebenso wie der Fuß nur geprellt. Sie wird vermutlich noch etwas benommen sein von dem Schmerzmittel, das ihr verabreicht wurde. Wissen Sie, wie das passiert ist?«

Hilflos zuckte Will mit den Schultern. Er konnte ja schlecht zugeben, dass er danebengestanden hatte, als sie stürzte – und nichts getan hatte, um sie in die Notaufnahme zu bringen.

»Sie hat gemeint, sie wäre eine Treppe hinabgestürzt.« Schwester Rita lächelte schmal, und Will wusste genau, was sie dachte.

Wenn eine Frau in der Notaufnahme auftaucht und von einem Treppensturz berichtet, aber nicht ihren Freund dabei hat – das schreit förmlich nach Misshandlung. Und wenn der Freund dann später auftaucht und für alle Kosten aufkommt, ohne zu zögern, ist das sein schlechtes Gewissen, das aus ihm spricht.

Er kapierte, dass seine Anwesenheit ein Fehler war. Aber jetzt gab es kein Zurück mehr. Die

Schwester ging voran in einen ruhigen Flur der Station, wo die Privatpatienten untergebracht waren. Sie schob die Glastür zu einem Krankenzimmer auf und ließ ihn mit Cara Sanders allein.

Sie trug ein Krankenhaushemd und lag mit geschlossenen Augen im Bett. Auf ihrem Gesicht lag ein gequälter Ausdruck, als hätte sie Schmerzen. Er zog einen Stuhl ans Bett und ließ sich darauf nieder.

Sie sah jetzt den Fotos von damals ähnlich. Damals, als sie selbst für so einen Krankenhausaufenthalt hätte aufkommen können. Als sie die Modewelt im Sturm eroberte ... Zumindest hatte er das so gelesen. »Sie eroberte die Modewelt im Sturm und stürzte danach ab«, so hatte es eine renommierte Tageszeitung formuliert.

Und nun lag sie hier. Ein Plastikbeutel mit ihrer Kleidung auf einem Stuhl, darunter die Taschen und Tüten, mit denen sie durch die Straßen von Chicago wanderte. Für Will war so ein Leben unvorstellbar. Aber vermutlich war es Cara Sanders vorher nicht anders ergangen.

Er wusste nicht, was er tun sollte. Sie wecken? Wieder gehen?

Schließlich stand er auf und wollte gerade das Zimmer verlassen, als er ihre heisere Stimme hörte.

»Die haben Sie angerufen.«

Sofort war er an ihrem Bett. Sie hatte die Augen geöffnet und blickte ihn groß an. Veilchenblau waren diese Augen, groß und wunderschön. Er wusste selbst nicht so genau, warum ihm das gerade jetzt auffiel.

»Ja«, sagte er nur, weil ihm nichts Besseres einfiel.

»Das hätten die nicht tun sollen.« Sie drehte den Kopf von ihm weg und atmete tief durch. Offensichtlich hatte sie Schmerzen.

»Soll ich die Schwester rufen?«, fragte Will besorgt.

»Ich komme allein zurecht«, sagte sie.

»Das sehe ich.« Er konnte sich ein Lächeln nicht verkneifen.

Sie blieb stumm und starrte aus dem Fenster. Will setzte sich wieder hin und wartete. Er wollte nicht gehen, ohne mehr über sie zu erfahren. Mehr als das, was die Onlineportale, Blogs und Gazetten über sie schrieben.

Er wollte ihre Version der Geschichte hören.

»Sind Sie immer noch da?«, fragte sie fünf Minuten später.

»Sie brauchen es nur zu sagen, wenn ich verschwinden soll. Aber ich habe mir Ihre Notizen angesehen. Also zum Verlust Ihrer Firma.«

Er hörte sie seufzen. Immer noch schaute sie zum Fenster, und Will fragte sich, ob seine Worte sie überhaupt erreichten oder ob sie nur so tat.

»Ich will Ihnen helfen, Miss Sanders. Wenn ich das richtig sehe, hat man Ihnen die Firma geraubt. Es gibt sicher Mittel und Wege, dagegen anzugehen.«

Jetzt wandte sie ihm doch den Kopf zu, und er erschrak, denn das dunkle Grau ihrer Augen war zu einem stürmischen Hellgrau geworden, und zwischen ihren Brauen entstand eine steile Falte.

»Sie wollen mir helfen? Warum? Weil Sie mir eine horrende Rechnung stellen können, die ich nie bezahlen kann? Damit ich noch mehr Schulden anhäufe und nie mehr auf die Füße komme?«

Er schwieg betroffen.

»Glauben Sie mir, das habe ich schon versucht. Ich habe Anwälte beauftragt, dass sie meine Firma zurückholen. Ich habe diesen Leuten einen sechsstelligen Betrag in den Rachen geworfen, und wissen Sie, was ich dafür bekommen habe? Eine Zwangsvollstreckung für meine Wohnung und eine Klage. Weil ich meine Anwälte über meine finanziellen Mittel getäuscht habe. Wissen Sie, wie sehr das schmerzt, wenn diese Leute einem erst das Blaue vom Himmel versprechen und dann den Boden unter den Füßen wegziehen?«

»Mir geht es nicht darum, eine Rechnung zu schreiben.«

Sie antwortete nicht. Vielleicht war das nur fair, denn was konnte er schon vorweisen? Er war für sie ein Fremder.

Und wenn er ehrlich war, verstand er selbst nicht, warum er gerade dieses Angebot gemacht hatte. Zumal er wusste, wie schwierig die Ausgangslage war. Schlimmstenfalls investierte er einige hundert Arbeitsstunden seiner Kanzlei, ohne jemals auch nur einen Dollar dafür zu sehen.

Aber sein Ehrgeiz war geweckt. Der Fall war kompliziert, ein Erfolg nicht zwingend garantiert.

»Ich könnte Ihnen eine Honorarvereinbarung auf Erfolgsbasis anbieten. Das habe ich Ihnen vorhin schon gesagt.«

Sie hatte sich wieder abgewendet.

»Sie gehen jetzt besser«, hörte er sie sagen.

Will wartete noch ein paar Minuten, doch sie schwieg eisern.

Schließlich stand er auf und verließ das Zimmer. Auf dem Gang traf er Schwester Rita und bat sie, ihn anzurufen, wenn Cara entlassen wurde. Sie musterte ihn mit diesem Blick, der ihm vorhin schon unangenehm aufgefallen war.

»Hören Sie«, sagte er. »Ich muss mich sicher nicht rechtfertigen, aber ich kenne diese junge Frau gar nicht. Ich bin ihr heute zufällig begegnet, und ja, ich fühle mich schuldig an ihren Verletzungen. Nicht mehr, nicht weniger. Also sehen Sie mich nicht so an, als wäre ich ein Frauenschläger.«

Schwester Rita gab sich einen Ruck. »Wir dürfen keine Informationen über Patienten herausgeben. Nur an die nächsten Verwandten. Nur weil Sie ihre Rechnung übernehmen, räumt Ihnen das kein Sonderrecht ein.«

Will seufzte. »Okay«, sagte er resigniert. »Schönen Abend noch.«

Er trat in die kalte Winterluft. Es hatte aufgehört zu schneien, und er stapfte durch den knöcheltiefen Schnee zu seinem Wagen, den er auf einem gebührenpflichtigen Parkplatz abgestellt hatte. Der Parkwächter nickte ihm zu, als Will an seinem Häuschen vorbei ging.

Als er im Auto saß, schaute Will aufs Handy. Während der halben Stunde, in der er bei Cara Sanders gewesen war, hatte es sieben Anrufe in Abwesenheit aufgezeichnet. Er ging die Liste durch. Nichts, das nicht auch bis morgen warten konnte – bis auf Tyler Locke. Er gehörte zu den größten Mandanten der Kanzlei und wurde normalerweise von Dalton betreut. Komisch, dass er Will anrief ... Er hatte keine Nachricht hinterlassen, aber Will rief trotzdem sofort zurück.

Manche Leute ließ man besser nicht warten.
Tyler Locke gehörte eindeutig dazu.

Tyler

Als er an diesem Morgen vor dem Büroturm aus der Limousine stieg, war der Platz über den Lüftungsschächten leer.

Mittags hatte er eine Verabredung zum Essen, und sowohl auf dem Weg zum Wagen als auch später bei seiner Rückkehr blickte er zu dem Platz, wo die junge Obdachlose gestern Abend gehockt hatte. Erst als er am späten Nachmittag in einer gähnend langweiligen Konferenz saß und seine Gedanken immer wieder zu ihr abschweiften, erkannte Tyler, dass er sich Sorgen um sie machte.

Die Handvoll Dollar hatten nicht genügt, sein schlechtes Gewissen zu beruhigen.

Aber warum hatte er überhaupt ein schlechtes Gewissen? Dafür gab es keinen vernünftigen Grund, oder? Es gab in dieser Stadt so viele Obdachlose. Seit der Wirtschaftskrise wurden es ständig mehr, und auch die Heime schossen monatlich aus dem Boden und mit ihnen die Charity-Veranstaltungen, auf denen gelangweilte Industriellengattinnen aus Highland Park für sich und ihre Freundinnen einen Tisch für mehrere tausend Dollar kauften, um einen Abend lang bei Champagner und Trüffelpasta zu behaupten, dass sie ja so viel gegen die Armut in der Stadt taten.

Auch Tyler kaufte sich regelmäßig bei diesen Bällen ein; meist nahm er einen kompletten Tisch und verschenkte die Karten an Geschäftspartner und Freunde. Er blieb diesen Veranstaltungen selbst immer fern, weil er fand, es genügte doch, sich von der Verantwortung freizukaufen. Er musste nicht auch noch seine knapp bemessene Freizeit opfern.

Mit der jungen Obdachlosen hatte aber das Elend derer, die nichts mehr hatten, ein Gesicht bekommen. Noch dazu ein hübsches, das ihm einfach nicht aus dem Kopf gehen wollte.

Er machte sich Sorgen um sie.

Was, wenn sie gestern Nacht erfroren war, weil er sie vertrieben hatte? Wenn sie das Geld sofort in Drogen umgesetzt hatte und an einer Überdosis starb? Oder wenn sie sich prostituierte, sobald das Geld ausgegeben war, weil sie nicht wusste, wie sie sich sonst über Wasser halten sollte?

Jede dieser Vorstellungen war für ihn entsetzlich. Seine Finger trommelten ungeduldig auf die Tischplatte. Himmel, wie lange ging diese Besprechung denn noch?

Nach der Besprechung ging er direkt in sein Büro und wies seine Sekretärin Diane an, ihn mit seinem Anwalt zu verbinden. Es dauerte keine Minute, bis sein Telefon klingelte, doch es war nur Diane, die bedauerte, dass sie Dalton Parker nicht erreichen könne.

»Versuchen Sie es bei seinem Partner Will Thompson«, schnauzte Tyler und knallte den Hörer auf. Er hatte keine Lust, jetzt noch zu irgendwem freundlich zu sein. Er wollte einfach wissen, was mit der jungen Frau war, und er hoffte, seine Anwälte konnten ihm dabei helfen.

»Mr. Thompson ist auch nicht erreichbar«, meldete Diane.

»Verdammt«, murmelte Tyler. Er sprang auf und tigerte in seinem Büro auf und ab. Zwischendurch hielt er an der Minibar inne und genehmigte sich einen Scotch. Dann traf er eine Entscheidung.

Keine zehn Minuten später hatte er einen Privatdetektiv gefunden, der sich bereit erklärte, die junge Frau zu finden. Er versprach, in einer Stunde bei Tyler vorbeizukommen und alle Daten aufzunehmen, die Tyler ihm zur Verfügung stellen konnte.

Er wusste, dass es die Suche nach der berühmten Nadel im Heuhaufen war. Trotzdem wollte er sich nicht damit zufriedengeben, dass der Privatdetektiv vermutlich niemanden finden würde.

»Will Thompson auf Leitung zwei«, meldete Diane über die Gegensprechanlage.

»Sagen Sie ihm, es hat sich inzwischen erledigt.« Insgeheim ärgerte er sich über die Kanzlei. Er zahlte denen nicht horrende Honorare, nur um dann mit dem Partner abgespeist zu werden, mit dem er unter normalen Umständen nie zusammenarbeitete. Wo steckte Dalton, wenn er ihn mal brauchte?

Der Privatermittler war ein schmieriger Typ Anfang fünfzig mit einem dicken Bauch, der über dem Gürtel hing. Das hellblaue Jeanshemd spannte über dem Wanst, und das Doppelkinn bebte bei jedem seiner Worte. Er hatte verschlagene Schweinsäuglein, die Tyler und sein Büro taxierten, als versuchte er abzuschätzen, wie weit er seinen Stundensatz nach oben korrigieren konnte, ohne dass sein Auftraggeber protestierte. Erst danach ließ er sich schwer atmend in den Besuchersessel fallen und legte ein Notizbuch vor sich auf Tylers Glasschreibtisch.

»Danke, dass Sie so kurzfristig kommen konnten, Mr. Richards«, sagte Tyler steif. Schon jetzt bereute er, bei der Suche nach einem Ermittler nicht auf den Rat seines Anwalts gewartet zu haben, sondern Diane zu bitten, ein paar Telefonnummern für ihn anzurufen.

»Kein Ding, hatte eh gerade nichts zu tun.« Mr. Richards räusperte sich. Es klang, als würde er Gewölle hochwürgen, und eine unverkennbare Schnapsfahne wehte über den breiten Glasschreibtisch. Tyler lehnte sich zurück.

Ich trinke auch schon am späten Nachmittag, das muss nichts heißen.

»Sie suchen also jemanden? Ist meine Spezialität. Hab beim Chicago Police Department fünfzehn Jahre nix anderes gemacht, als vermisste Personen zu suchen.«

»Und wieso sind Sie jetzt nicht mehr bei der Polizei?«

Mr. Richards klopfte sich auf die Brust. »Die Pumpe hat's nicht mehr mitgemacht. Hatte meine Jahre voll und wollte noch mal was Anderes sehen. Ging mir aber nach drei Monaten auf die Eier, ständig so viel freie Zeit zu haben. Darum mach ich jetzt das, was ich immer gemacht habe. Nur eben in der Privatwirtschaft.«

»Hm, okay.« So richtig überzeugt war Tyler noch nicht, doch er wollte es auf einen Versuch ankommen lassen. Immerhin hatte dieser Mr. Richards sofort Zeit für ihn.

»Also, wen suchen Sie?«

»Es geht um eine junge Frau. Ich weiß weder ihren Namen noch sonst irgendwas über sie.«

»Hmhm.« Mr. Richards schlug sein Notizbuch auf und machte sich ein paar Notizen. »Das ist jetzt aber nicht so ein Stalkerding, okay? Also wenn Sie besagter junger Dame nachstellen wollen, mach ich da nicht mit.«

»Nein, nein. Sie ist obdachlos, und ich möchte ihr helfen.«

Mr. Richards klappte behutsam das Büchlein zu. »So ist das also«, sagte er.

»Wie bitte?«

»Sie wollen wohl Ihr neuestes Betthäschen ausspionieren lassen, Mr. Locke.«

Tyler starrte sein Gegenüber ungläubig an. »Was soll das heißen ... Betthäschen?«

»Nun, Sie sind ja nicht gerade bekannt dafür, lange eine Beziehung zu pflegen, nicht wahr? Und mehr als einmal haben Sie die abgelegten Damen in Schimpf und Schande vom Hof gejagt.«

Tyler wusste immer noch nicht, was er zu diesen haltlosen Vorwürfen sagen sollte.

Mr. Richards zuckte mit den Schultern. »Ich lese auch die Klatschpresse«, fügte er hinzu, als würde das alles erklären.

Abgesehen davon, dass es niemanden etwas anging, mit wem Tyler zusammen war, stand in den Zeitungen und Blogs auch ziemlich oft Mist. Aber er verzichtete darauf, Mr. Richards darauf hinzuweisen.

»Sie lebt auf der Straße«, fuhr er fort. »Und ich möchte, dass Sie sie finden, damit ich ...«

Ja, was genau? Damit er sie retten konnte? Das klang beinahe melodramatisch.

»Weil ich ihr helfen möchte«, schloss er eher lahm.

»Hümhüm«, machte Mr. Richards. Er machte ziemlich oft »hümhüm«.

»Hören Sie, das Mädel schlief gestern Abend über dem Lüftungsschacht unten vor dem Eingang des Bürogebäudes. Ich habe ihr etwas Geld gegeben, und daraufhin ist sie verschwunden. Heute Morgen ist sie nicht wieder aufgetaucht, und ich mache mir jetzt einfach Sorgen, dass ihr etwas passiert sein könnte.«

»Sie meinen außer dass sie erfroren ist oder sich nen goldenen Schuss gesetzt hat?«

Tyler machte eine unbestimmte Handbewegung. Es ärgerte ihn, dass er sich vor dem Ermittler rechtfertigen sollte. Andererseits hatte Mr. Richards natürlich Recht. Warum interessierte sich ein Mann wie er, Tyler Locke, für eine Obdachlose?

»Ich will nicht herzlos erscheinen«, sagte Mr. Richards. »Aber es gibt Tausende Obdachlose in dieser Stadt. Wieso eine retten, wenn zugleich Dutzende zugrunde gehen?«

»Mir drängt sich langsam der Verdacht auf, dass Sie den Auftrag nicht wollen«, erwiderte Tyler scharf. »Wenn das so sein sollte, können Sie gerne gehen.«

Mr. Richards hob abwehrend die Hand. »Nein, nein, schon in Ordnung. Ich benötige Zugang zu Ihrem Überwachungssystem. Wie lange werden die Aufzeichnungen aufbewahrt?«

»In der Regel drei Monate.«

»Gut, dann sollte ich dort für den Anfang genug finden. Oder können Sie mir noch mehr über die junge Frau verraten?«

Ich glaube, sie ist sehr hübsch.

Aber das behielt er für sich. Er hatte ohnehin schon das Gefühl, sich zum Gespött dieses Ermittlers gemacht zu haben. Vermutlich fuhr der jetzt nach Hause, meldete sich ein paar Tage lang nicht und würde Tyler dann erklären, dass es unmöglich sei, die junge Frau zu finden und dass er es trotzdem versucht habe – ohne Erfolg. Die Rechnung würde er bei der Gelegenheit auch präsentieren – einige tausend Dollar dafür, dass Tyler sein Gewissen beruhigen konnte.

Er hatte es vermutlich nicht besser verdient.

An diesem Tag hielt ihn nichts mehr im Büro. Tyler ließ seine Limousine vorfahren und verließ bereits kurz nach sechs das Gebäude. Daniel hielt den Schlag auf und nahm ihm die Aktentasche ab. Natürlich nahm er sich Arbeit mit nach Hause. Er konnte sich nicht den ganzen Abend auf die faule Haut legen.

Eine halbe Stunde später stand er im Fahrstuhl, der ihn die 45 Stockwerke hinauf in das Penthouse trug, in dem er seit drei Jahren lebte. Die Fahrstuhltüren glitten lautlos auseinander, und er stand direkt in seinem Wohnzimmer. Tyler lächelte. Einer der Vorzüge, wenn man sich alles leisten konnte, waren diese kleinen Freuden des Alltags – er brauchte sich nicht um Haustürschlüssel oder Ähnliches Sorgen machen, denn der Portier brachte ihn stets nach oben.

Dort erwartete ihn allerdings eine unschöne Überraschung.

Er hatte gerade seinen Mantel im Garderobenschrank aufgehängt, als er aus der Küche ein Geräusch hörte. Tyler durchquerte das Wohnzimmer und betrat die großzügige Wohnküche.

Hinter der Kücheninsel stand Deborah und mixte sich einen Smoothie.

»Hi Schatz«, begrüßte sie ihn betont fröhlich. »Wie war's bei der Arbeit?«

»Debbie.« Er legte die Aktentasche auf die Kücheninsel zwischen ihnen. »Wie bist du hier reingekommen?«

Die hübsche Blondine trug nur ein hauchzartes, rosafarbenes Negligé unter einem Seidenkimono, dazu kleine Pantoffeln mit Plüsch. Sie hatte die vollen Lippen dunkelrot geschminkt, die Augen geheimnisvoll dunkel umrandet und eine Spur zu viel Rouge aufgetragen. Trotzdem sah sie nicht billig aus, sondern wie eine rassige, betörende Sirene, die ihm in kürzester Zeit den Kopf verdrehte, wenn er nicht aufpasste.

Sie goss die grünen Smoothies in zwei bereitstehende Gläser und gab in ihres noch einen ordentlichen Schluck Wodka, den sie aus dem Tiefkühlfach holte.

»Der Portier hat mich nach oben gebracht. Wie immer.« Sie klang gänzlich unbekümmert. Tyler unterdrückte einen Fluch. Klar, er hatte vergessen, in der Portiersloge Bescheid zu sagen, dass die Sache mit Debbie vorbei war. So war sie heute von ihrer Reise nach St. Barth's zurückgekehrt und wie gewohnt in sein Penthouse gefahren.

»Ich dachte, wir hätten das geklärt«, sagte Tyler.

Sie kam näher und gab ihm den Smoothie. »Wir haben was geklärt?«, gurrte sie. Mit der freien Hand lockerte sie seinen Krawattenknoten. Dann nahm sie einen Schluck vom Smoothie und schnurrte wie ein Kätzchen.

»Dass es vorbei ist.«

»Ist es ja auch«, behauptete sie.

»Und warum bist du dann hier?« Er spürte, wie sehr ihre Nähe ihn erregte. Seit sie vor zwei Wochen im Streit abgereist war, hatte er keine Frau gehabt. Erst war es die Arbeit, dann hatte er keine Lust gehabt, sich auf die Jagd zu begeben. Denn wenn er ehrlich war, ermüdete ihn die Jagd auf Frauen inzwischen. Sie waren für ihn schnell zu haben – ob das nun an seinem Aussehen lag oder daran, dass er so reich war, kümmerte ihn nicht. Um Gefühle ging es ihm schon lange nicht mehr.

»Ich dachte, du könntest etwas Gesellschaft brauchen.« Sie stellte sich auf die Zehenspitzen und gab ihm einen Kuss auf die Wange. Ihr Parfüm stieg ihm in die Nase, und er nahm hastig einen Schluck vom Smoothie, um darüber hinwegzutäuschen, dass ihre Nähe ihn nervös machte.

Nein, nicht nervös. Sie erregte ihn. Mehr als gut für ihn war. Oder für sie ...

»Stell dir vor ... Wir könnten in dein Schlafzimmer gehen ... ziehen uns nackt aus ... Und dann zeige ich dir, was ich immer schon mit dir machen wollte ...«

Er schluckte.

Sex mit Debbie war immer schon ein heftiges, hartes Vergnügen gewesen – genau das, was er wollte. Doch es gab einige Dinge, die sie nie mit sich hatte machen lassen. Auch deshalb war es zu einem Zerwürfnis zwischen ihnen gekommen, denn sie warf ihm vor, sie nur benutzen zu wollen.

Was vielleicht gar nicht so weit entfernt von der Wahrheit war.

»Du meinst ...«

»Oh ja«, schnurrte sie. »Ich meine das, was ich letztes Mal nicht machen wollte. Komm ...« Sie nahm ihm das Glas ab und ergriff seine Hand. Auf dem Weg aus der Küche schnappte sie sich die Wodkaflasche und zog ihn Richtung Schlafzimmer.

Tyler folgte ihr mit gemischten Gefühlen. Aber seine Neugier siegte.

Und die Lust auf ihren geilen Körper.

Cara

Es fühlt sich merkwürdig an, in einem bequemen Krankenhausbett aufzuwachen, nachdem man zuvor monatelang auf der Straße oder auf den eher unbequemen Pritschen der verschiedenen Unterkünfte genächtigt hat.

Eine erste Bestandsaufnahme ergibt, dass mir erstaunlich wenig weh tut. Die Rippen, ja. Und irgendwie auch die Abschürfungen an der Hüfte. Ansonsten ...

Ich versuche mich zu bewegen und werde eines Besseren belehrt. Mein ganzer Körper schmerzt, als hätte ich gestern einen Marathon absolviert. Ich seufze. Eigentlich habe ich mir gestern Abend vor dem Einschlafen vorgenommen, heute Früh so schnell wie möglich das Weite zu suchen. Dieser Anwalt ist mir unheimlich.

Und leider ist er mir heute Nacht nicht aus dem Kopf gegangen. Ich habe sogar von ihm geträumt – ein wilder, erotischer Traum, in dem er derjenige war, der mich vor dem Locke Tower auflas, und statt mir einfach ein bisschen Geld in die Hand zu drücken, nahm er mich mit zu sich nach Hause, wo wir dann wilden, hemmungslosen Sex hatten ...

Also genau das, was er bestimmt auch im Sinn hatte, als er mich besucht hat.

Habe ich das eigentlich geträumt, dass er meine Krankenhausrechnung bezahlen will? Wenn das so ist, muss ich erst recht verschwinden. Denn ich werde ihm das Geld niemals zurückzahlen können.

Das wird er wissen, aber ich möchte nicht das Gefühl haben, ihm etwas schuldig zu sein ... Jedenfalls nicht mehr als unbedingt nötig.

Ich liege mit geschlossenen Augen da und warte. Draußen auf dem Gang höre ich Geschirr klappern, Stimmen, dann wird an meine Tür geklopft, und eine Schwester trägt ein Tablett herein. »Frühstück!«, verkündet sie fröhlich und stellt das Tablett auf dem Tischchen neben dem Bett ab. Sie tritt ans Fenster, öffnet die Vorhänge und kommt dann zu mir ans Bett.

»Bleiben Sie ruhig liegen, Miss Sanders. Ich muss nur Fieber und Blutdruck messen.« Sie misst meine Temperatur mit einem Ohrthermometer und meinen Puls am Handgelenk. Dann zieht sie eine Blutdruckmanschette aus ihrer Kitteltasche und legt sie mir an.

»Geht es Ihnen heute schon etwas besser?«, fragt sie.

»Ja, ein bisschen«, gebe ich zu.

»Sehr gut. Das wird Ihren Freund freuen. Er rief vor einer halben Stunde bereits an und hat sich nach Ihnen erkundigt. Er klang sehr nett.«

Ich lächle verkrampft und verkneife mir die Bemerkung, dass der Anwalt nicht mein Freund ist und sie ihm deshalb auch gar nichts über meinen Gesundheitszustand hatte verraten dürfen.

»Blutdruck und Temperatur sind wunderbar. Ich hole Ihnen noch was gegen die Schmerzen. Kann ich sonst etwas für Sie tun?«

»Was ist mit meinen Sachen?«, frage ich.

»Die, tja ... wir mussten den Pullover leider zerschneiden, es musste alles schnell gehen, weil wir bei Ihnen den Verdacht auf Pneumothorax hatten. Aber alles andere ist unversehrt. Soll ich Ihre Sachen vorher durchwaschen lassen?«

»Nein, nein«, sage ich hastig. »Zur Not bringt mir ... mein Freund was mit.«

Die Lüge kommt mir nur mühsam über die Lippen. Aber die Krankenschwester nickt nur. In Gedanken ist sie vermutlich schon beim nächsten Patienten, während sie hastig meine Werte ins Krankenblatt einträgt.

»Wenn Sie etwas brauchen, klingeln Sie einfach«, sagt sie.

Und schon bin ich wieder allein. Ich setze mich behutsam auf und hebe den Deckel vom Frühstücksteller. Es gibt Rührei mit Speck, Pancakes mit Ahornsirup und krossen Toast. Außerdem ein Schälchen mit Obstsalat, ein Glas Orangensaft und einen Becher heißen Kaffee mit Milch und Süßstoff.

Die Verpflegung ist in diesem Krankenhaus auf jeden Fall super. Man könnte fast in Versuchung kommen, noch ein paar Tage länger zu bleiben ...

Die Schwester kommt wieder herein und bringt mir ein Schmerzmittel, das ich unter ihrer Aufsicht schlucke. Irgendwie schade, denn ich hatte insgeheim gehofft, es mir aufsparen zu können, bis ich von hier verschwinde. Oder es auf der Straße zu verkaufen. Es gibt da draußen genug Leute, die für eine gute Schmerztablette fünf Dollar oder mehr abdrücken.

Nach dem Frühstück merke ich, wie die Schmerztablette mich müde macht, und ich kuschle mich wieder in die fluffigen Kissen und mache die Augen zu.

Als ich das nächste Mal aufwache, bin ich nicht allein.

Da steht er wieder am Fenster. Groß, gutaussehend, unheimlich süß. Mein Herz macht einen winzigkleinen Hüpfer bei seinem Anblick.

»Sie sind wach. Hallo.« Er hat sich umgedreht und kommt jetzt zum Bett. Ich weiß nicht, ob es an diesen hervorragenden Drogen liegt, die sie hier verteilen oder daran, dass ich einfach nur *dankbar* bin, weil ich eine Nacht richtig gut schlafen konnte und ein hervorragendes Frühstück genossen habe, aber seine blauen Augen machen mich ganz wuschig. Ich möchte seine sinnlichen Lippen küssen, und am liebsten würde ich bei der Gelegenheit auch noch seine Haare zerwühlen und ihn ins Ohrläppchen beißen ...

Himmel! Das Zeug, das sie hier verteilen, ist ja brandgefährlich!

»Hallo«, höre ich mich sagen, und dann kichere ich, weil mein »Hallo« so absolut unpassend scheint. Denn eigentlich würde ich lieber etwas in der Art sagen: *Hallo schöner Mann. Dass du hier bist, trifft sich gut, ich habe nämlich gewisse Bedürfnisse. Trotz gebrochener Rippen und einer geprellten Hüfte hätte ich jetzt nicht übel Lust, mich von dir vernaschen zu lassen. Oder, noch besser: ich vernasche dich. Was hältst du davon?*

Zum Glück hat das Morphium nicht sämtliche Gehirnzellen ausgeschaltet, denn ich kann mich gerade noch zurückhalten.

Mr. Anwalt zieht den Besuchersessel näher ans Bett und setzt sich. Sein Blick sucht meinen, und ich kann seine Gedanken förmlich spüren.

Ganz schön zerrupftes Huhn, das ich da von der Straße aufgelesen habe. Bin ich sicher, dass ich für ihre Krankenhausrechnung aufkommen will?

»Sie zahlen meine Rechnung.« Wieder muss ich kichern.

»Das stimmt.« Er nickt ernst. »Ich fühle mich irgendwie schuldig. Es tut mir ehrlich leid, dass ich zu Ihnen so grob geworden bin. Normalerweise ist das nicht meine Art.«

Sagt er das aus Höflichkeit? Oder weil ich im Krankenhaushemd nicht mehr aussehe wie eine abgerissene Obdachlose, sondern allenfalls wie eine erschöpfte, junge Frau aus der Unterschicht, die nicht weiß, wovon sie ihre nächste Mahlzeit bezahlen soll?

Was im Grunde auf dasselbe hinausläuft.

Sobald ich nicht mehr in diesem bequemen Bett liegen darf, muss ich mich wieder um mich selbst kümmern, und ein bisschen graust es mir vor diesem Moment. Der wird schneller kommen als mir lieb ist.

Vor allem, wenn es stimmt, dass Mr. Anwalt meine Rechnung bezahlt. Dann hält mich schon mein schlechtes Gewissen davon ab, länger als unbedingt nötig hier zu bleiben ...

»Sie können so lange bleiben, wie Sie wollen«, sagt er. Herrje, jetzt kann er auch noch Gedanken lesen! »Und wenn Sie wollen, kümmere ich mich in der Zwischenzeit um Ihre Angelegenheiten.«

Einen Moment lang weiß ich nicht, was ich darauf sagen soll.

»Mein Angebot steht. Sie bezahlen mich nur im Erfolgsfall.«

»Das ist ... nett«, höre ich mich sagen.

»Gut.« Er lächelt, und ich frage mich, welche Reaktion auf dieses Lächeln wohl angemessen wäre. Ist es okay, ihm um den Hals zu fallen?

»Machen Sie sich keine Sorgen. Und wenn es Sie beruhigt, können Sie mir die Krankenhauskosten erstatten, sobald Sie wieder auf den Beinen sind und Ihre Firma zurück haben.«

Als würde das irgendwann passieren ... Aber wenn er denkt, dass das Arrangement für uns beide dadurch leichter wird, lasse ich ihn gerne in dem Glauben.

»Kann ich sonst noch was für Sie tun? Jemanden anrufen und sagen, dass Sie hier sind?«

Darüber muss ich jetzt doch lachen. Nicht morphiumselig, sondern eher verbittert.

»Glauben Sie ernsthaft, ich habe noch irgendwelche Freunde?«

»Nicht jeder ist so oberflächlich.«

Doch. Alle meine Freunde haben sich von mir abgewandt, kaum dass ich abstürzte. Es gibt niemanden mehr. Ich bin allein. Nicht mal meine Eltern sind noch da. Mein Vater sitzt in New York im Gefängnis. Meine Mutter hat sich aus dem Staub gemacht, bevor das Lügengebäude meines Vaters einstürzte. Ich vermute, dass sie mehr gewusst hat als sie selbst zugibt. Sie *muss* gewusst haben, dass es an seiner Seite schon bald ziemlich ungemütlich werden würde. Warum sonst war sie mit einem griechischen Reeder durchgebrannt und schippert nun mit einer dreißig Meter langen Yacht übers Mittelmeer?

»Aber alle, die ich kannte, sind so.«

»Das tut mir leid.«

Er wirkt ehrlich betroffen. Ich kann darüber nicht mal mehr lachen.

»Lassen Sie's gut sein«, flüstere ich. »Ihr Mitleid braucht keiner.«

Ich wende den Kopf von ihm ab und schließe die Augen, als wäre ich von dem Gespräch erschöpft und müsse jetzt schlafen. Dabei lausche ich, was er macht.

Er bleibt noch ein paar Minuten sitzen. Dann höre ich, wie er aufsteht und das Zimmer verlässt. Die Tür zischt leise, als er sie zuschiebt, und dann bin ich wieder allein.

Ich richte mich behutsam auf.

Ob ich noch das Mittagessen abwarte? Immerhin bin ich nach dem Frühstück das erste Mal seit langer Zeit wieder richtig wach.

Ich beschließe, dass ich ruhig warten kann, bis es Mittagessen gibt.

Zum Mittagessen bringt mir eine neue Krankenschwester wieder zwei Schmerztabletten. Diesmal beaufsichtigt sie nicht, ob ich sie schlucke oder nicht, und ich lasse sie, kaum dass sie das Zimmer wieder verlassen hat, in einer Papierserviette sicher verwahrt verschwinden. Dann gönne ich mir das leckere Essen – Hackbraten, Bohnen und Kartoffelstampf mit Sauce, zum Nachtisch einen wirklich leckeren Schokopudding – und will danach schon aus dem Bett steigen, als mir einfällt, dass ich ja keinen dicken Pullover mehr habe. Verflixt! In meinen Tüten und Taschen sind nur ein paar Langarmshirts und T-Shirts. Zu wenig in der Kälte da draußen.

Trotzdem. Irgendwie muss es gehen. Ich quäle mich aus dem Bett. Bei jeder Bewegung spüre ich die bandagierten Rippen, und meine Hüfte fühlt sich wund an. Unbeirrt stemme ich mich hoch, suche am Bett Halt und gehe dann mit winzigen Trippelschritten zum Stuhl, auf dem meine Sachen liegen.

Bis ich den Stuhl erreicht habe, der keine drei Meter entfernt steht, bin ich schweißgebadet. Aber ich hangle die Plastiktüte von der Sitzfläche und lasse mich schwer auf den Stuhl fallen.

Verdammt. Jetzt würde ich schon gerne noch mal so eine feine Schmerztablette einwerfen.

Aber ich bleibe einfach zehn Minuten sitzen und warte ab. Langsam lässt das Ohrensausen nach, und ich habe nicht mehr das Gefühl, dass mir das Herz aus der Brust springt. Ich beginne, in der Plastiktüte zu kramen.

Die Jeans und der Slip liegen ganz unten. Darüber der zerschnittene Pullover, ein T-Shirt, ein Unterhemd, BH, Socken und Mütze, Handschuhe, Schal. Früher hätte ich mich geschämt, mit so einem Sammelsurium an billigen Klamotten auch nur zum Briefkasten zu gehen. Aber irgendwann ist selbst das total egal. Man lernt, mit diesen Dingen umzugehen, als wären sie völlig normal. Und irgendwann bemerkt man gar nicht mehr, dass die Sachen nach Schweiß und Dreck stinken, dass sie längst mal wieder gewaschen werden müssten, wenn man überhaupt eine Chance haben will, die Flecken zu entfernen.

Ich beuge mich nach unten und ziehe eine Plastiktüte hervor. Sie ist fest verknotet und enthält alles, was ich darüber hinaus noch an Klamotten besitze. Ich suche zwei Langarmshirts und ein T-Shirt raus, knote die Tüte dann wieder zu und beginne, mich anzuziehen.

Es dauert elend lange. Ich verliere auch jedes Gefühl für Zeit, weil ich immer wieder Pausen machen muss. Allein die Socken stellen mich vor eine schier unlösbare Aufgabe, weil ich mich nicht ohne Schmerzen nach vorne beugen kann. Dasselbe Problem habe ich mit der Jeans. Zum Glück habe ich in den letzten Monaten einiges an Gewicht verloren, weshalb die Jeans, die früher mal richtig körperbetont saß, jetzt eher um meine Beine und Hüften schlackert. Ein Gürtel wäre prima, aber so einen Luxus besitze ich nicht.

Am schwersten ist es, die Langarmshirts übereinander anzuziehen. Danach bin ich schweißgebadet und bleibe einfach nur zehn Minuten sitzen und warte, bis ich nicht mehr das Gefühl habe, im nächsten Moment vom Stuhl zu kippen.

Danach stehe ich auf und mache versuchsweise ein paar Schritte. Es geht erstaunlich gut, und ich sammle meine Tüten und Taschen ein und verlasse das Zimmer.

Im Gang begegne ich niemandem. Ich gehe zu den Fahrstühlen, vorbei am leeren Schwesternzimmer und dem Bereich für wartende Besucher. Der Fahrstuhl kommt sofort und ist leer. Ich kann mein Glück kaum fassen, aber es gelingt mir wohl tatsächlich, die Klinik unbemerkt zu verlassen.

Im Foyer verlässt mich das Glück. Ich laufe direkt von den Fahrstühlen nach draußen – oder humple, besser gesagt, denn die Hüfte und die

Rippen schmerzen nach wie vor. Dabei muss ich an mehreren Loungesofas vorbei, wo sich Wartende aufhalten können, die nicht in die Tiefen des Klinikgebäudes vordringen möchten.

Ein dicker, schmieriger Typ mit Schiebermütze erhebt sich, als er mich sieht, und steuert direkt auf mich zu.

»Miss Sanders?«

Ich wäre fast erstarrt. Doch zum Glück habe ich einen Überlebensinstinkt, der in diesem Moment einsetzt. Ich ignoriere ihn und humple weiter. Doch er lässt nicht locker.

»Miss Cara Sanders?« Jetzt ist er direkt neben mir. Ich werfe ihm einen Blick zu, als wollte ich sagen »ich kenne keine Cara Sanders«, und marschiere unbeirrt weiter. Meine Hüfte brennt, und jeder Atemzug bereitet mir Schmerzen. Der schmierige Typ scheint das zu bemerken, denn er bietet mir wie ein Gentleman den Arm an.

»Hier«, sagt er nur. »Halten Sie sich an mir fest.«

Ich bleibe erschöpft stehen und atme ein paarmal tief durch. Dann sehe ich ihn mir genauer an.

Er sieht irgendwie aus wie ein Cop. Ich kann mir nicht helfen, aber seit FBI, NYPD und einige andere Staatsmächte vor gut einem Jahr in das Haus meines Vaters eindrangen, habe ich ein Gespür für diese Leute. Der hier sieht aber ziemlich fertig aus. Tränensäcke bis zum Kinn und triefende Augen wie ein trauriger Dobermann.

Was ihn nicht minder gefährlich macht.

»Sie sehen müde aus. Wir können uns da vorne hinsetzen, wenn Sie möchten.«

Ich schüttle heftig den Kopf. Auf keinen Fall will ich mich hinsetzen. Erstens muss ich so schnell wie möglich die Klinik verlassen, bevor man oben mein Verschwinden bemerkt. Und zweitens ... nun, ich fürchte ein bisschen, dass ich nicht wieder hochkomme, wenn ich mich erstmal hinsetze ...

»Wir können auch gegenüber einen Kaffee trinken gehen.«

Er redet einfach weiter, als wäre mein Schweigen gar nicht so ungewöhnlich. Als hätte er mit nichts anderem gerechnet.

»Und dann?«, frage ich.

»Was und dann?«

»Tischen Sie mir dann eine rührselige Geschichte Ihres Auftraggebers auf, der meinetwegen alles verloren hat?«

Sein Grinsen erinnert mich an einen Wolf, der kurz davor steht, ein Zicklein zu verspeisen. Mir rinnt ein eisiger Schauer über den Rücken.

»Vielleicht. Oder ich erzähle Ihnen, dass Sie das Wahnsinnsglück haben, dem großen Tyler Locke aufgefallen zu sein, der Ihnen mehr als nur ein paar Dollar in die Hand drücken möchte. Zumindest vermute ich das, denn er hat mich beauftragt, Sie zu suchen. Wobei er nicht wusste, wer Sie sind. Er hat mir nur von der Obdachlosen erzählt, die er vor seinem Büroturm gesehen hat. Den Rest habe ich ermittelt. Ist mein Job«, fügt er nicht ohne Stolz hinzu.

»Aha«, sage ich ratlos.

Abgesehen davon, dass mir der Name Tyler Locke nichts sagt und ich bestimmt keine Lust habe, mit diesem schmierigen Ex-Cop Kaffee trinken zu gehen, nur um mehr über diesen ominösen Gönner zu erfahren, kann ich langsam nicht mehr hier rumstehen. Bewegung wäre gut. Wenn ich mich bewege, spüre ich den Schmerz nicht so heftig wie im Stehen.

Ich setze mich also in Bewegung. Der Ex-Cop folgt mir. Klar, wie soll ich ihn auch abschütteln? Wäre ich nicht verletzt, könnte ich wegrennen. Gegen mich hätte der Dicke unter normalen Umständen keine Chance.

So muss ich hinnehmen, dass er mir die Taschen und Tüten abnimmt und an meiner Seite bleibt, als wir das Gebäude verlassen. »Da drüben ist ein guter Diner«, sagt er und zeigt über die Straße.

Mein Blick folgt seinem ausgestreckten Arm.

»Und Sie erzählen mir mehr über Ihren Auftraggeber?«

»Wenn Sie das möchten, ja. Und wenn Sie mir erlauben, ihm zu berichten, dass ich Sie gefunden habe. Wissen Sie was? Sie hören sich an, was ich zu sagen habe, und danach entscheiden Sie dann, ob Sie mit meinem Auftraggeber in Kontakt treten wollen oder nicht.«

Das klingt fast zu schön, um wahr zu sein.

Und wenn ich ehrlich bin, ist das eine gute Möglichkeit, um Mr. Anwalt aus dem Weg zu gehen. Und das möchte ich, wenn ich ehrlich bin, denn ich hasse es, bei jemandem in der Schuld zu stehen. Aber genau das hat er mir aufgezwungen.

»Also gut«, sage ich.

Wir betreten das Diner und suchen uns hinten einen ruhigen Platz. Die Bedienung bringt sofort große Becher mit Kaffee, und sie begrüßt Mr. Ex-

Cop mit einer Umarmung und einem rührseligen »Dass man dich mal wieder hier sieht, Donnie!« Die beiden sprechen ein paar Minuten miteinander, während ich mich am Kaffee aufwärme.

Denn verdammt, es ist da draußen so schweinekalt, dass ich schon nach den wenigen Minuten völlig durchgefroren bin. Ich brauche dringend einen neuen Pullover, und am besten gleich noch einen Mantel dazu. Über Nacht scheint es noch kälter geworden zu sein.

Vielleicht war es vor einem Jahr naiv von mir zu glauben, dass ich auf der Straße überleben könnte. Aber damals hatte ich keine andere Wahl. Oder doch?

Komisch; ich habe innerhalb von 24 Stunden zwei Männer kennengelernt, die offenbar bereit sind, mir zu helfen. Will Thompson – seinen Namen kenne ich inzwischen, weil ich bei der Suche nach den richtigen Klamotten seine Visitenkarte gefunden habe – möchte alles tun, um meine Firma zurückzuholen. Und Tyler Locke scheint sich nicht damit zufrieden zu geben, dass er mich mit einer Handvoll Dollars vor seinem Büroturm abgespeist hat.

Natürlich weiß ich, wer Tyler Locke ist. Wir sind uns vorher nie persönlich begegnet, aber ich weiß, dass er in den Kreisen meines Vaters verkehrt und ein Selfmade-Milliardär ist, wie es nur wenige gibt. Er hat vor knapp zehn Jahren damit angefangen, eine Software zu entwickeln, an der die Regierungsbehörden großes Interesse zeigten. Und danach muss er einige sehr kluge Investment-Entscheidungen getroffen haben, denn mein Vater hat ihn gern als Beispiel dafür angeführt, warum manche Leute einfach irre viel schaffen – und andere nicht.

Tyler Locke ist also immer das leuchtende Beispiel dafür gewesen, dass man alles schaffen kann, wenn man nur will.

Und ich habe meinem Dad nie zugehört, wenn er von Tyler schwärmte, weil ich dachte, dass es für mich ohnehin belanglos war.

Tja, hätte ich ihm mal zugehört.

Ich warte, bis Donnie und die Kellnerin Ida sich genug erzählt haben. Schließlich lässt er sich schwerfällig auf die Polsterbank gegenüber plumpsen und trinkt seinen Kaffeebecher in wenigen Schlucken leer. Ida füllt sofort auf und fragt, was wir essen möchten.

Ich zucke nur mit den Schultern. Im Moment bin ich vollauf damit beschäftigt, meine schmerzenden Muskeln und Knochen zu sortieren. Da ist kein Platz für Hunger.

Also bestellt Donnie für uns Burger mit Fritten und Milchshakes.

»Möchten Sie sonst noch was?«

Die Wahrheit wäre ganz angenehm. Ich schüttle nur stumm den Kopf.

Donnie kommt direkt zur Sache. »Mr. Locke sucht Sie, weil er Ihnen helfen will. Er weiß nicht, wer Sie sind. Wenn Sie seine Hilfe also nicht wollen, bezahle ich gleich Ihr Essen und danach können Sie verschwinden.« Er legt den Kopf schief und mustert mich prüfend. »Allerdings, wenn mir die Bemerkung erlaubt ist – Sie sollten sich wenigstens anhören, was er Ihnen zu bieten hat.«

So weit bin ich gedanklich auch schon. Vor allem, weil ich nicht länger als unbedingt nötig Will Thompson etwas schuldig sein will. Dass er für mich aufkommt, nervt mich ohnehin.

»Hat Mr. Locke einen Job für mich?«, frage ich.

Donnie blinzelt verwirrt. »Äh, keine Ahnung«, gibt er zu. »Mein Auftrag lautet nur, Sie zu finden. Mehr nicht.«

Ein Job wäre ein Anfang. Vielleicht könnte ich eine kleine Wohnung finden oder ein Zimmer in einer WG am Stadtrand von Chicago. Dann könnte ich für Mr. Locke arbeiten und Will Thompson das Geld für meinen Krankenhausaufenthalt zurückzahlen. Es würde vermutlich ewig dauern, aber das ist mir egal.

»Wenn er mir einen Job gibt, treffe ich ihn.«

»Das kann ich ihm so ausrichten.« Donnie wirkt sehr zufrieden.

Und ich bin es für einen Moment auch. Denn das Gefühl der Hilflosigkeit, das mich so oft auf der Straße gepackt hat, weicht einem anderen, viel besseren. Als könnte ich mein Leben wieder in den Griff bekommen. Als gäbe es eine Zukunft für mich, bei der ich nicht jeden Tag fürchten muss, dass ich erfrieren könnte oder von anderen Stadtstreichern zusammengeschlagen werde, nur weil sie meine Stiefel oder mein Geld wollen.

Will

An die Einsamkeit hatte er sich inzwischen gewöhnt. Darum blieb er meist bis spät in der Nacht in seinem Büro und fuhr danach mit dem Taxi oder der Bahn nach Hause. Ihn störten die Taxifahrer nicht, die das Gespräch mit ihm suchten. An manchen Tagen waren sie die Einzigen, die neben seinen Kollegen mit ihm redeten.

An diesem Nachmittag aber machte er früher Feierabend und fuhr mit seinem eigenen Wagen ins Krankenhaus. Er hoffte insgeheim, dass Cara Sanders ihn schon erwartete.

Im Foyer des Klinikums kam er an einem Stand vorbei, an dem Blumen verkauft wurden. Nur kurz zögerte er, bevor er einen besonders hübschen Strauß mit weißen Rosen und Margeriten auswählte und mit einem Fünfziger bezahlte. »Stimmt so«, sagte er.

Als er den Fahrstuhl verließ, lief er Schwester Rita in die Arme. Sie wirkte ehrlich bestürzt, als sie ihn sah, und sofort zog sich seine Brust schmerzhaft zusammen.

Hoffentlich ist Cara nichts passiert ...

Er hatte geglaubt, in diesem Krankenhaus sei sie in Sicherheit und man würde sich optimal um sie kümmern.

»Sagen Sie mir, was passiert ist!«, rief er aufgeregt.

»Es tut mir leid, Mr. Thompson. Sie ist ... fort.«

Er schluckte trocken. »Fort, das heißt ... tot?« Fast versagte ihm die Stimme. Der Blumenstrauß fiel ihm aus der Hand.

Schwester Rita schlug die Hände vor den Mund. »Mein Gott, nein! Nein, das hoffe ich nicht. Sie ist verschwunden. Nach dem Mittagessen hat sie sich angezogen und das Krankenhaus verlassen, ohne Bescheid zu sagen. Sie ist wie vom Erdboden verschluckt. Ich würde ja nach ihr suchen lassen, aber sie ist eine erwachsene Frau und trifft daher natürlich ihre eigenen Entscheidungen ...«

»Warum haben Sie mich nicht sofort angerufen?«, fuhr Will sie an.

»Ich habe es auch erst vor zehn Minuten erfahren.«

Die Schwester wirkte ehrlich betreten. Will atmete tief durch. Er bückte sich nach dem Blumenstrauß und hob ihn auf. »Hat sie alle Sachen mitgenommen?«, fragte er.

»Ich habe noch nicht nachgeschaut.« Sie wirkte jetzt deutlich reservierter, als hätte Will sie beleidigt.

»Darf ich mich in ihrem Zimmer umsehen?«

Schwester Rita zuckte mit den Schultern. »Wenn es Ihnen hilft?«

Er wartete. Sie seufzte und ging voran.

In dem Krankenzimmer sah alles nach einem eiligen Aufbruch aus. Das Bett war zerwühlt, das Tablett mit den Resten vom Mittagessen stand noch auf dem Nachttisch. Aber nichts verriet, dass Cara hier gewesen war.

Sie hatte tatsächlich all ihre Sachen mitgenommen.

»Zufrieden?«, fragte Schwester Rita.

Nein, er war überhaupt nicht zufrieden. Aber sie befanden sich in einem Krankenhaus, nicht in einer Nervenheilanstalt, in der alle Patienten überwacht wurden. Und wenn Cara lieber zurück auf die Straße wollte, konnte er sie kaum daran hindern.

Er tastete in der Innentasche seines Wintermantels nach dem Smartphone, das er für sie auf dem Weg hierher in einem Laden gekauft hatte. Nicht das neueste Spitzenmodell, aber eines, mit dem man all das machen konnte, wofür man sich ein Smartphone zulegte: Fotos, Textnachrichten schreiben, Anrufe. Er hatte auch eine Prepaidkarte aufladen lassen. Ein Geschenk für Cara, vor allem aber ein Stückchen Sicherheit, damit er sie immer wiederfand.

Wenngleich er dem Impuls widerstanden hatte, die Ortung des Handys auf seinem Smartphone mittels einer App zu aktivieren. Wenn er für Cara arbeitete, musste er sich darauf verlassen, dass sie sich bei ihm meldete und nicht wieder abtauchte.

Nun ... dass sie so schnell wieder verschwand, hätte er nicht gedacht.

»Schon okay«, sagte er nur, obwohl überhaupt nichts okay war.

»Wenn Sie wollen, kann ich den Sicherheitsdienst fragen, wann sie das Gebäude verlassen hat.«

Wozu? Sie hatte bestimmt keine Spur aus Brotkrumen hinterlassen.

Außerdem hasste Will es, wenn jemand so paranoid war, dass er auf alle Überwachungsmöglichkeiten zurückgriff, die die moderne Welt ihm bot. Er hatte bisher der Versuchung widerstanden ...

Nun ja, bis auf das Smartphone für Cara. Doch das war eine Vorsichtsmaßnahme, redete er sich ein. Außerdem sah es ja ganz danach aus, als sollte sie es nie bekommen.

Er verließ das Krankenzimmer und die Station. Auf dem Weg in die Tiefgarage warf er die Blumen in einen Mülleimer, und als er aus dem Fahrstuhl trat, zog er den Kopf zwischen die Schultern und eilte zu seinem Wagen.

Vielleicht hatte er in ein paar Tagen Glück und traf sie in der Bibliothek wieder.

Aber er machte sich nichts vor – wenn Cara nicht gefunden werden wollte, hatte er in dieser riesigen Stadt keine Chance, sie zu finden. Es hätte also auch keinen Sinn, einen Ermittler damit zu betrauen. Sie war ihm einfach entwischt.

Weil er nicht wusste, was er sonst mit dem freien Nachmittag anfangen sollte, fuhr er zurück ins Büro. Elise hatte schon Feierabend gemacht. Nur Nora saß noch in dem Vorzimmer, von dem die beiden großen Eckbüros abgingen. Sie hob erstaunt den Kopf, als er auftauchte.

»Ich dachte, Sie haben sich den Nachmittag freigenommen?«

»Dachte ich auch. Ist Dalton da?«

Sie zuckte mit den Schultern, was so ziemlich alles heißen konnte. »Er will aber nicht gestört werden«, sagte sie.

Etwas daran, *wie* sie es sagte, ließ Will aufhorchen.

»Ich möchte trotzdem mit ihm sprechen.«

Über Cara. Vielleicht. Aber vor allem über Caras Fall. Denn Will hatte sich inzwischen eingelesen, und das, was er dabei herausgefunden hatte, stellte Dalton und ihn vor völlig neue Probleme.

»Ich sag's ihm.« Nora seufzte, als wäre es eine Zumutung, was Will von ihr verlangte. Sie nahm den Hörer ab, drückte eine Taste und wartete.

»Nora!« Daltons Stimme drang durch die geschlossene Bürotür, und im nächsten Moment riss er die Tür auf und stapfte aus dem Büro. »Ich habe doch gesagt, ich will nicht gestört wer...«

»Hallo Dalton.« Will musterte seinen Partner von oben bis unten. Daltons Hemd war ihm aus der Hose gerutscht, der Gürtel stand halb offen und der Krawattenknoten hing auf Halbmast. Vermutlich hing etwas in seiner Hose ganz und gar nicht, aber darüber wollte Will lieber nicht nachdenken. »Viel zu tun, mh?«

Ohne Daltons Antwort abzuwarten, schob er sich an seinem Freund vorbei in dessen Büro. Die platinblonde, leicht billig wirkende Nutte, die auf der Sofakante saß und gerade hektisch ihre Bluse zuknöpfte, ignorierte er und ließ sich in einen der Besuchersessel fallen.

Dalton knallte die Bürotür hinter sich zu. Er trat zu der jungen Frau – wie alt war sie, neunzehn, zwanzig? Hatte er denn nicht wenigstens so viel Anstand und Stil, sich mit einer etwas erfahreneren Nutte abzugeben? Mussten es immer die jungen Dinger sein, die allzu schnell auf Daltons Liebesschwüre hereinfielen? – und steckte ihr ein paar Hunderter zu. Sie stand mit einer fließenden Bewegung auf.

»Wir können auch mal zu dritt was machen ...«, bot sie an. Ihre Stimme war wie rauchiger Honig. Verführerisch. Fast schon zu professionell. Unter anderen Umständen hätte Will gelacht. So starrte er sie nur an. Sie zuckte mit den Schultern, zog den knappen Ledermini nach unten und schlüpfte in ihre Pumps. Dann warf sie sich einen schweren Pelzmantel über die Schultern und verließ hoch erhobenen Haupts das Büro.

»Wir haben ein Problem«, kam Will sofort zur Sache.

»Allerdings.« Dalton trat hinter seinen Schreibtisch und brachte das Hemd und die Krawatte in Ordnung. »Was fällt dir ein, hier so reinzuplatzen?«

»Es geht um ein Mandat, das ich gerne übernehmen würde.« Will hatte keine Lust, sich mit seinem Partner auf so eine niveaulose Diskussion einzulassen. »Es kollidiert leider mit den Interessen eines deiner Mandanten.«

»Dann ist der Fall klar, oder? Keine Interessenskonflikte. Das war von Anfang an unsere Marschroute.«

Das wusste Will. Und wenn es nicht um Cara ginge, hätte er auch gar nicht damit angefangen.

»Wie wäre es, wenn ich dir den Fall einfach schildere?«

Dalton zuckte mit den Schultern. Er ließ sich in seinen Bürosessel fallen, beugte sich aber sofort wieder vor und drückte die Taste der Gegensprechanlage. »Nora, Kaffee!«, bellte er. Dann sagte er an Will gewandt: »Schieß los.«

»Stell dir vor: Eine junge, erfolgreiche Unternehmerin, die ein Modelabel ins Leben ruft.

Sie hat Erfolg. Ihre Mode ist gefragt, halb Hollywood trägt ihre bunt bedruckten T-Shirts, Hosen und Kleider. Sie gehört zu den besten Jungunternehmern des Landes, bekommt eine Auszeichnung nach der nächsten. Leider ist das Startkapital ihres Unternehmens vergiftet. Es stammt aus einem Fonds, der sich anhand eines Schneeballsystems an seinen Anlegern bereichert. Man sollte meinen, dass nach Madoff so etwas überhaupt nicht mehr passiert, aber genau so ist es gewesen. Das Geld sprudelt, es fließt in ihr Unternehmen, das schneller wächst, als gesund ist. Dabei sprechen die Zahlen für sich. Sie hätte es auch ohne die Finanzspritze geschafft. Vielleicht nicht ganz so schnell, aber sie hätte sicher andere Investoren gefunden.

Jedenfalls geht der Fonds eines Tages hoch, und dabei wird natürlich auch das ganze Geld, das zuvor in ihr Unternehmen gepumpt wurde, zur Rückzahlung fällig. Das bricht unserer Jungunternehmerin das Genick. Sie muss verkaufen. Glücklicherweise ist auch schon bald ein Investor gefunden, der ihr Modelabel für einen Spottpreis übernimmt. Sie muss sich völlig unter Wert verkaufen, weil es eilt. Weil die Gläubiger ihr Geld wollen. Das Ende vom Lied: Sie hat keine Firma mehr und Schulden, die sie ihr Leben lang nicht wird zurückzahlen können.«

Dalton nickte. Das war eine Geschichte von vielen, so etwas passierte fast täglich. Darum war seine nächste Frage für Will kaum überraschend: »Was hat mein Mandant damit zu tun?«

»Er hat ihre Firma gekauft.«

»Ja, und? Haben wir den Kauf abgewickelt?«

Auf die Idee war Will auch schon gekommen. Er war aber noch nicht dazu gekommen, die Akten einzusehen.

»Gut möglich«, sagte er darum nur.

»Dann ist der Fall klar. Wir können ihr nicht helfen. Das ist eindeutig ein Interessenskonflikt, schon vergessen?«

»Dann solltest du dir die ganze Geschichte anhören. Unser Mandant ist nämlich auch derjenige, der durch ein Zeitungsinterview den Stein ins Rollen gebracht hat, der zur Schließung des Schneeball-Fonds geführt hat. Er hat damit unmittelbar von diesem Interview profitiert. Man könnte sogar meinen, dass er die Sache lanciert hat, weil er das Modelabel unter seine Kontrolle bringen wollte – und zwar nicht zu dem Preis, der marktüblich wäre. So hat er nur einen Bruchteil dafür bezahlt und die frühere Eigentümerin förmlich an den Bettelstab gebracht.«

Dalton wollte etwas sagen, doch in diesem Moment kam Nora mit einem Tablett herein, auf dem zwei Kaffeetassen, Zuckerdose und Milchkännchen und eine Schale mit Madeleines standen.

»Wie oft habe ich Ihnen schon gesagt, dass ich nach vier keine Kohlenhydrate mehr will, Nora?«

Sie begegnete seinem Blick trotzig. »Aber vielleicht will Mr. Thompson ja welche?«

»Danke, Nora.« Will nahm sofort ein Madeleine, um jede weitere Diskussion im Keim zu ersticken. Doch Dalton funkelte ihn wütend an, und sobald Nora das Büro verlassen hatte, fauchte er: »Es ist vollkommen unnötig, mir in den Rücken zu fallen.«

Es ist aber auch vollkommen unnötig, dass du Nora wie Dreck behandelst, dachte Will. Doch er sagte nichts. Er wusste, dass Dalton bei Nora nicht mit sich reden ließ. Er behandelte sie einfach wie ein Stück Scheiße, und sie ließ es widerspruchslos mit sich machen. Es war höchste Zeit, dass die beiden sich mal eingestanden, dass sie mehr füreinander übrig hatten als für Chef und Untergebene angemessen war. Büroaffären waren zwar in ihrer Kanzlei ein absolutes No-Go, doch es gab sicher Mittel und Wege, damit sie zueinander finden konnten ...

Tja, wenn sie es denn wollten. Vor allem Dalton schien alles zu tun, damit es nicht so weit kam. Bestellte sich zum Beispiel Nutten ins Büro. Vermutlich ließ er solche Termine sogar von Nora machen, nur um sie noch mehr zu demütigen. Als müsste er sie an ihren Platz verweisen, der eben nicht an seiner Seite war.

»Okay, halten wir fest: Unser Mandant hat sich deiner potentiellen Mandantin gegenüber ziemlich mies verhalten und gegen so ziemlich jeden Ehrenkodex verstoßen, den man vielleicht aufstellen würde, wenn man wollte. Aber niemand hält sich an sowas. Jedenfalls nicht heutzutage. Und wir sind klug beraten, wenn wir unseren Mandanten nicht verprellen und deine Mandantin ablehnen. Oder an eine andere Kanzlei verweisen. Dafür gibt es schließlich da draußen Tausende andere Kanzleien.«

Will hatte mit dieser Antwort gerechnet. Und natürlich tat es ihm leid, dass er für Cara nichts tun konnte. Aber Dalton hatte Recht.

»Schön, dass wir wenigstens darüber gesprochen haben.« Er stand auf.

»Ach, wer ist denn der Mandant?«, erkundigte Dalton sich beiläufig, als Will bereits die Tür erreicht hatte.

Will zögerte. »Nicht so wichtig«, behauptete er.

Dalton, der bereits mit einem Auge auf seinen Computerbildschirm schaute, hob den Kopf.

»Wenn du so klingst, ist es wichtig.«

Womit er nicht unrecht hatte. Aber Will hatte keine Lust, sich auf diese Diskussion einzulassen.

»Ich finde es ja doch raus«, sagte Dalton. »Wenn ich zum Beispiel im Archiv nachfrage, welche Akten du dir heute hast herausgeben lassen. Stimmt's?«

Will gab nach, obwohl es ihm widerstrebte, sein Wissen preiszugeben. »Tyler Locke«, sagte er. »Er hat den Fonds ins Straucheln gebracht und meine *potentielle Mandantin* in den Ruin getrieben.«

Tyler Locke hatte Cara um alles gebracht. Sie musste ihn unendlich hassen.

Tyler

Er hatte zwar gehofft, dass Donnie Richards gut war, doch dass der Privatermittler sich keine 24 Stunden später telefonisch bei ihm meldete und erklärte, er habe die junge Obdachlose gefunden, überraschte ihn dann doch.

»Wie haben Sie das denn geschafft?«, wollte Tyler wissen.

Doch Richards ließ sich nicht in die Karten schauen. »Ich habe so meine Methoden.«

»Und wo ist sie jetzt?«

»Sie sitzt mir gegenüber und isst einen Burger mit Fritten. Wollen Sie mit ihr sprechen?«

»Will sie denn mit mir sprechen?«

»Ich frage sie.« Richards schaltete das Gespräch in die Warteschleife, und Tyler wartete ungeduldig. Er stand auf und trat an die Fensterfront, die sein Büro dominierte. Schon wieder Schnee, dachte er deprimiert. So langsam reichte es ihm mit dem Schnee.

Er könnte Urlaub machen. Nach Florida fliegen oder in die Karibik. Er besaß eine Villa auf den Keys und eine zweite auf einer kleinen Karibikinsel, die nur Milliardären vorbehalten war. Er hätte damals auch eine eigene Insel kaufen können, doch das war ihm übertrieben vorgekommen. Auf der Milliardärsinsel war er genauso ungestört, denn die wenigen Nachbarn hielten sich genauso von ihm fern wie er von ihnen.

»Hören Sie?« Richards klang peinlich berührt. »Sie möchte nicht mit Ihnen reden.«

»Können Sie mir wenigstens ihren Namen sagen?«

Wieder wurde er weggedrückt. Tyler fluchte. Herrgott, wie unfreundlich! Man könnte meinen, dass diese junge Obdachlose den Ermittler bezahlte und nicht er.

»Sie sagt, sie heißt Helen.«

»Okay, danke. Kann ich irgendwas für Helen tun?«

Wahrscheinlich war das genauso wenig ihr Name wie sie sich von ihm helfen ließ.

»Sie braucht nichts.«

»Kann ich sie treffen?«

Richards zögerte.

»Hören Sie mir jetzt mal zu.« Langsam riss Tyler der Geduldsfaden. »Ich habe Sie beauftragt, die junge Frau zu finden, und wenn Sie kein Treffen arrangieren, muss ich wohl davon ausgehen, dass Sie mir etwas vorlügen, um einen Auftrag loszuwerden, den Sie unmöglich erfüllen können.«

»Das ist nicht wahr!«, protestierte Richards.

»Dann arrangieren Sie ein Treffen mit ihr. Anderenfalls werde ich jede Zahlungsforderung von Ihnen ignorieren.«

Er legte wutentbrannt auf. Dann nahm er den Hörer wieder zur Hand und drückte den Knopf für seine Assistentin. »Diane? Buchen Sie mir für heute Abend einen Flug nach Miami. Ich werde den Rest der Woche in meiner Villa auf den Keys verbringen. Ja, bitte. Daniel soll mitkommen. Ich ertrage diesen Schnee nicht länger.«

»Möchten Sie allein reisen, Mr. Locke?«

Tyler zögerte. Diane wusste natürlich, was sie mit dieser Frage andeutete.

»Diesmal allein, bitte.«

Keine Escortmädchen. Keine Debbie. Sie hatte sich ohnehin heute Früh von ihm verabschiedet und saß vermutlich schon im Flieger nach Mailand, wo sie bei einigen Modenschauen laufen sollte.

Als Freundin eines der reichsten Männer unter dreißig in diesem Land, was ihn zugleich zu einem begehrten Junggesellen machte, hatte sie es nicht nötig zu arbeiten. Doch ihm gefiel die Vorstellung, dass sie sich nicht bloß in das gemachte Nest setzte. Immerhin war ihre Beziehung stürmisch; mehr als einmal hatten sie sich voneinander getrennt. Und wer wusste schon, wie lange es diesmal hielt?

Ich sollte sie heiraten, ging ihm durch den Kopf. *Wir mögen uns, sie ist attraktiv, der Sex ist phänomenal ...*

Und letzte Nacht hatte sie ihm gezeigt, wie weit sie für ihn gehen würde. Beim Gedanken daran wurde er sofort wieder hart. Zu schade, dass sie die nächsten acht Tage auf einem anderen Kontinent verbrachte. Vielleicht sollte er lieber nach Europa fliegen? Er könnte sie für ein paar Tage nach ihrem Auftrag in Mailand nach Paris entführen und ihr im Schatten des Eiffelturms einen Antrag machen ...

Was ist bloß mit mir los? Ich bin doch sonst nicht so rührselig. Mit Debbie war es die ganze Zeit mehr oder weniger kompliziert, und nur weil sie jetzt auf meine Wünsche eingeht, muss das nicht für eine gemeinsame Zukunft reichen ...

Er schüttelte den Kopf. Nein, wirklich nicht. Es wäre dumm, wenn er sie von heute auf morgen an sich binden würde.

Außerdem bezweifelte er, dass Debbie auf Dauer an seiner Seite glücklich wurde. Das hatte bisher keine Frau geschafft. Jede war früher oder später an ihm verzweifelt, und er sah nicht, dass sich daran irgendwas änderte. Er war nicht perfekt, er machte Fehler. Und das würde so bleiben, denn nur weil er eine Frau bis an ihr Lebensende an sich band, wurde er nicht automatisch ein anderer Mensch.

Nein, keine großen, romantischen Gesten. Dafür war kein Platz in seinem Leben.

Er rief noch einmal Donnie Richards an, doch der Ermittler ging nicht ans Telefon. Auch gut. Bei seiner Rückkehr erwartete ihn vermutlich trotzdem eine saftige Rechnung, und Tyler würde diese Rechnung bezahlen, obwohl er die junge Frau nicht hatte treffen dürfen.

Vielleicht traf er sie nach seiner Rückkehr auch wieder vor dem Büroturm ... Er hatte so ein Gefühl, dass ihre gemeinsame Geschichte noch nicht vorbei war.

Die Morgensonne kitzelte ihn, wenn sie durch die dünnen Vorhänge brach und schräg auf das breite Bett fiel. Ein leichter Wind wehte; noch war nichts von der Schwüle des neuen Tags zu spüren.

Tyler verließ das Bett und lief nackt ins angrenzende Badezimmer. Vor dem Ganzkörperspiegel warf er sich einen abschätzenden Blick zu. Er wurde in wenigen Monaten 35, doch er achtete sehr auf seinen Körper und sorgte mit Training, einer ausgewogenen Ernährung und viel Wassertrinken dafür, dass er nicht abschlaffte. Das war auch wichtig, um genug Energie für den harten Arbeitsalltag aufzubringen.

Seit vier Tagen war er nun schon in der Luxusvilla auf den Keys, und sein Tagesablauf hatte sich schon bald eingespielt. Morgens genoss er nach dem ersten Workout ein leichtes Frühstück. Anschließend ging er in das Arbeitszimmer und kümmerte sich um seine Unternehmen. Dank einer Videowand und teurer Kommunikationsausrüstung konnte er von dieser Villa oder auch von dem Anwesen auf der kleinen Karibikinsel genauso gut arbeiten wie daheim im Locke Tower in Chicago. Es machte keinen Unterschied. Nicht zum ersten Mal überlegte Tyler, ob er nicht viel häufiger herkommen sollte. Die Sonne und die Einsamkeit taten ihm jedenfalls gut.

Er hatte nicht ohne Grund noch nie eine seiner Freundinnen mit hierher genommen.

Nach einem leichten Mittagessen – Fisch, gedünstetes Gemüse und zum Nachtisch ein Obstsalat – ruhte er sich auf der Terrasse im Schatten aus. Anschließend kam sein Personaltrainer, der ihn für anderthalb Stunden richtig forderte. Danach schwamm Tyler noch eine halbe Stunde im Pool und widmete sich weitere zwei Stunden seiner Arbeit. Zum Abendessen wurde Fleisch mit Gemüse und Rosmarinkartoffeln serviert. Anschließend genoss er den Feierabend bei einem guten Buch und beobachtete den Sonnenuntergang. Meist ging er schon kurz nach zehn schlafen, damit er ausgeruht in den neuen Tag starten konnte.

Es ist kein so schlechtes Leben, das ich da führe.

Am fünften Tag rief er Donnie Richards an. »Sie können mir immer noch kein Treffen mit der jungen Obdachlosen versprechen, richtig?«

»Tut mir leid.« Richards klang ehrlich zerknirscht. »Ich hab so meine Prinzipien, und wenn so ein Mädel nicht gefunden werden will ...«

»Okay, ich habe trotzdem einen neuen Auftrag für Sie. Ich will alles über sie wissen. Ihren richtigen Namen, woher sie kommt, warum sie auf der Straße gelandet ist. Und erzählen Sie mir keinen Bockmist. Sorgen Sie einfach dafür, dass ich in drei Tagen ein komplettes Dossier auf dem Schreibtisch habe.«

»Wird gemacht.« Richards klang erleichtert. »Und ... äh ... ignorieren Sie meine erste Rechnung. Ich stelle eine neue, wenn ich alles beisammen habe.«

Tyler war mit dem Ausgang dieses Gesprächs hochzufrieden. Er legte auf und widmete sich seinen täglichen Aufgaben.

Als er drei Tage später nach Chicago zurückflog, hatte er das beauftragte Dossier bereits vergessen, und als er es nebst Rechnung auf seinem Schreibtisch fand, zeichnete er die Rechnung ab und schob die Mappe in die unterste Schublade seines Schreibtischs.

Er hatte das Interesse an dem Mädchen verloren. Und das war vielleicht nicht das Schlechteste.

Cara

Zurück auf der Straße. Zurück im Elend, das ich mir nicht ausgesucht habe.

Obwohl, Moment: Diesmal habe ich es mir ja ausgesucht. Denn ich hätte auch anders entscheiden können. Nach Will Thompson hat auch Tyler Locke Interesse daran bekundet, mich zu treffen und weiß der Teufel was genau für mich zu tun. Wobei ich bis jetzt keine Ahnung habe, was er sich vorgestellt hat. Wollte er mir eine Wohnung bezahlen? Mir noch ein bisschen Geld in die Hand drücken?

Irgendwas hatte er bestimmt vor, sonst hätte er nicht Donnie Richards auf mich angesetzt.

Aber wenn ich ehrlich bin, ist dieses gestiegene Interesse an meiner Person mir unangenehm. Ich mag es nicht, von fremden Leuten abhängig zu sein oder auch nur das Gefühl zu haben, dass ich von ihnen abhängig bin. Wäre mir das egal, würde ich nicht auf der Straße leben.

Und wenn ich schon dabei bin: Ja, ich bin zurück auf der Straße. Die ersten drei Nächte habe ich mir wieder das Obdachlosenasyl geleistet, aber in der vierten Nacht habe ich darauf verzichtet, weil es nicht ganz so kalt war. Außerdem habe ich mir bei der Wohlfahrt einen neuen Mantel gekauft, der fast meine kompletten Ersparnisse aufgezehrt hat. Wenn man bei der Handvoll Geldscheine, die ich tief in meinen Hosentaschen vergrabe, überhaupt von Ersparnissen reden kann. Das Geld kommt von Tyler Locke, und darum fühlt es sich merkwürdig an, es für einen Mantel und ein paar warme Nächte auszugeben.

Ich bin ihm erst einmal begegnet, aber diese Begegnung hat mich nachhaltig geprägt. Ich denke oft an ihn, und mehr als einmal habe ich mich in den kalten Nächten, in denen ich durch die Windy City strich und mit mir rang, ob ich noch mal fünf Dollar für die Übernachtung im Asyl ausgeben sollte, bei Tagträumereien ertappt.

Ich hätte ihn treffen können. Donnie Richards hat gesagt, Tyler Locke wolle mich wiedersehen. Doch in dem Moment habe ich das rigoros abgelehnt – unter anderem deshalb, weil ich mich schämte.

Ja, und ich schäme mich auch jetzt noch. Für das, was aus mir geworden ist. Ich spüre die Verletzungen nach dem Sturz noch immer bei jedem Schritt, aber zugleich bin ich zu stolz, um mich von Tyler Locke aushalten zu lassen.

In den Momenten, in denen meine Fantasie richtig mit mir durchgeht, stelle ich mir vor, wie er mich gar nicht retten will, sondern wie er mich verhöhnt. Für meine Erbärmlichkeit, meine armseligen Klamotten. Dafür, was ich einst war und nun geworden bin. Denn ich bin überzeugt, dass er Donnie auch beauftragt hat, mehr über meine Vergangenheit herauszufinden. Irgendwie hat er es ja sogar geschafft, mich aufzustöbern. Und er kannte meinen Namen! Ich traue es diesem

Privatschnüffler zu, dass er in kürzester Zeit ein umfangreiches Dossier über meine Familie, meine Firma und meinen Untergang zusammenträgt.

Acht Tage ist es her, seit ich aus dem Krankenhaus getürmt bin. Immer noch kneift mich deshalb das schlechte Gewissen. Ich habe Will Thompson eine Rechnung über mehrere tausend Dollar hinterlassen. Geld, das ich niemals zurückzahlen kann, denn inzwischen beläuft sich meine Barschaft auf jämmerliche zwölf Dollar und siebzehn Cent. Das reicht gerade mal für zwei Nächte im Asyl und zwei Burger bei McDonalds. Und danach?

Weiter habe ich nicht gedacht.

Ich stecke das Geld wieder in die Hosentasche, nehme meine Taschen und trotte am Asyl vorbei Richtung Bürotürme. Es gibt ja noch andere Lüftungsschächte. Ich muss nicht zwingend vor dem Locke Tower nächtigen.

Aber heute Nacht habe ich Pech. Da es nicht ganz so kalt ist wie in den Nächten zuvor, haben sich die meisten Obdachlosen einen Platz im Schatten der gestapelten Büros gesucht. An den ersten drei Anlaufstellen hat sich bereits jemand eingerichtet. Und es gibt einen ziemlich strengen Kodex unter Obdachlosen: Wo schon jemand liegt, legst du dich nicht dazu.

Schon gar nicht als junge Frau. Den Fehler habe ich ein einziges Mal gemacht, als ich völlig übermüdet war und keine Ahnung hatte, ob ich überhaupt noch einen Schlafplatz finden würde. Da habe ich mich einfach an einem kleinen Bürogebäude zu einem Tippelbruder gelegt, der nach billigem Rotwein stank. Am nächsten

Morgen wachte ich davon auf, dass er mir das Ohr ableckte und zufrieden brummte. Er nannte mich »Wauzi«, was an sich schon erschreckend gewesen wäre, wenn er nicht versucht hätte, sich an mich zu pressen. Ich rannte fort und hoffte, dass er niemals einen Hund besessen hat.

Aber was weiß ich schon.

Das vierte Quartier für die Nacht liegt nicht weit vom Locke Tower entfernt. Auch das ist ein Geheimtipp; jede zweite Nacht lässt ein Wachmann mit weichem Herz zwei oder drei Frauen im Foyer des Gebäudes auf den Sofas schlafen. Sie müssen vor sechs Uhr wieder verschwinden, aber das ist immer noch besser als gar nichts. Außerdem ist es schon weit nach Mitternacht, und der Schmerz in meiner Hüfte wird immer heftiger. Ich brauche Schlaf, idealerweise irgendwo, wo ich nicht allzu hart liege.

»Tut mir leid, Schätzchen. Sind schon alle Sofas belegt.« Der warmherzige Gilbert kommt an die Tür, als er mich draußen herumlungern sieht. Bedauernd zeigt er auf die Sofagruppe, die zehn Meter weiter in der Dunkelheit der Lobby steht. Drei müde Gestalten haben sich dort eingerollt.

»Schon okay«, sage ich traurig.

Es bleibt wirklich nur der Locke Tower.

Ich schleppe meine Taschen dorthin. Der Platz ist nicht besonders beliebt, weil der Lüftungsschacht direkt neben dem Eingang liegt und man deshalb oft verjagt wird. Darum ist er auch heute leer, und ich richte mich rasch ein. Zum Glück habe ich immer noch den Schlafsack. Ein Sommermodell und viel zu dünn, aber zusammen mit Mantel und den drei Schichten drunter wird's für diese Nacht ausreichen. Ich lege mich direkt in den warmen Luftzug, ziehe den Reißverschluss bis oben hin zu und schließe erschöpft die Augen.

Im nächsten Moment bin ich eingeschlafen.

Ich wache auf, weil jemand unsanft gegen meine Hüfte tritt.

Sofort bin ich hellwach, denn der Schmerz schießt durch meinen ganzen Körper.

»Weg da!«, knurrt der Wachmann. Ich blinzle. Er holt zum nächsten Tritt aus, doch ich drehe mich weg, damit er nicht schon wieder meine Hüfte erwischt. Dafür trifft es diesmal die Rippen, und ich schreie laut auf.

»Scheiße, immer diese Kaputten«, murmelt er. Ich rappele mich hastig auf und will nach meinen Taschen und Tüten greifen.

Aber sie sind weg.

Nichts mehr da. Alles fort.

Ich starre den Wachmann an, doch der hat sich schon umgedreht und stapft wieder Richtung Drehtür. »Wenn du in fünf Minuten nicht verschwunden bist, rufe ich die Polizei«, wirft er mir über die Schulter zu.

Ich krieche aus dem Schlafsack und stehe mühsam auf. Dann schaue ich mich noch mal suchend um, aber von meinen Sachen ist nichts zu sehen. Sie sind einfach verschwunden.

Weil ich gestern Abend vergessen habe, sie zu sichern. Normalerweise ziehe ich durch alle Taschengriffe und Tütenhenkel eine Wäscheleine, die ich an meinem Handgelenk befestige. Falls jemand in der Nacht versucht, sich an meinen

Sachen zu schaffen zu machen, wache ich sofort auf. Aber gestern war ich dafür zu müde.

Und jetzt habe ich nichts mehr. Nur noch die sprichwörtlichen Kleider am Leib, einen dünnen Schlafsack und zwölf Dollar siebzehn.

Man muss auch bereit sein, sich eine Niederlage einzugestehen, wenn sie einen ereilt. Ich humple mit dem Schlafsack unterm Arm zum nächsten McDonalds, gönne mir einen Kaffee und bleibe so lange in der hintersten Ecke hocken, bis ein Mitarbeiter mich verscheucht.

Bis dahin habe ich eine Entscheidung getroffen.

Locke oder Thompson, Locke oder Thompson ... einer von beiden muss mir jetzt helfen. Denn irgendwann kann man sich auch den größten Stolz nicht mehr leisten.

Ich habe mich für Tyler entschieden, ohne so genau zu wissen, warum. Vielleicht ist es die Tatsache, dass er so viel unternommen hat, um mich zu finden. Oder der Umstand, dass ich mich irgendwie zu ihm hingezogen fühle. Dass ich unter anderen Umständen – in einem anderen Leben – hemmungslos mit ihm geflirtet hätte.

Donnie Richards hat mir seine Visitenkarte gegeben, bevor wir uns im Diner voneinander verabschiedeten. Zum Glück habe ich sie – zusammen mit der Karte von Will Thompson – in meiner Hosentasche aufbewahrt. Ich suche draußen in der Kälte einen Münzfernsprecher und wähle Donnies Nummer.

Er geht nicht ans Telefon.

Ich lege enttäuscht auf. Damit habe ich irgendwie nicht gerechnet.

Ich warte zehn Minuten, in denen ich mich in der Nähe des Fernsprechers herumdrücke. Dann versuche ich es erneut unter der Telefonnummer, und dieses Mal geht die Mailbox dran. Ich hinterlasse keine Nachricht. Ich hasse Mailboxen.

Also ziehe ich aus der Hosentasche die Karte von Will. Sie ist schon etwas zerknittert, und ich streiche sie sorgfältig glatt, bevor ich langsam seine Nummer wähle. Ein bisschen ist es so, als hätte ich insgeheim die Hoffnung, vor diesem Schritt bewahrt zu werden. Doch dann ertönt das Freizeichen, und keine drei Sekunden später höre ich Wills Stimme.

»Ja?«

Er klingt gestresst. Fast hätte ich sofort wieder aufgelegt.

»Ja, hallo. Ich bin's. Cara Sanders.«

Sofort klingt er ganz anders. »Hallo Cara.« Sanfter.

»Ich muss mich entschuldigen«, sage ich hastig. »Weil ich aus dem Krankenhaus verschwunden bin und Sie mit der fetten Rechnung sitzengelassen habe. Aber ... also ... steht Ihr Angebot noch?« Ich atme tief durch. »Können Sie mir meine Firma zurückbringen?«

Einen Moment lang ist es still in der Leitung, und ich denke schon, dass er aufgelegt hat. Aber dann höre ich seine Stimme. »Natürlich steht das Angebot noch«, sagt er. »Wo sind Sie? Ich hole Sie ab.«

Ich nenne ihm die Adresse. Er verspricht, in zwanzig Minuten da zu sein.

Die Wartezeit vergeht erstaunlich rasch, und als sein schwarzer Porsche Cayenne am Bordstein hält, nähere ich mich dem Wagen beinahe ehrfürchtig. Will springt aus dem Auto und umrundet es, um mir die Beifahrertür aufzuhalten.

»Wo sind Ihre Sachen?«, fragt er.

Ich zucke mit den Schultern. »Geklaut«, antworte ich, als wäre es das Normalste auf der Welt, dass eine Obdachlose beklaut wird. Ist es ja auch.

Ich steige ein. Will nimmt mir den Schlafsack ab und packt ihn in den Kofferraum. Dann setzt er sich hinters Steuer und sieht mich erwartungsvoll an. »Haben Sie Hunger? Oder wollen Sie zuerst ausschlafen?«

Vor Erleichterung hätte ich fast geheult.

»Kann ich beides haben?«, flüstere ich ergriffen.

Ich stehe schon jetzt so tief in seiner Schuld, dass es darauf vermutlich auch nicht mehr ankommt. Mein einziger Trost ist, dass er das alles nicht aus reiner Menschenliebe macht, sondern weil er sich davon ein Mandat erhofft. Weil er die Chance sieht, mir meine Firma zurückzubringen. Und wenn ihm das gelingt, kann er mir eine Rechnung stellen, die mich vermutlich ein zweites Mal an den Rand des Ruins bringen wird – von Anwälten erwarte ich nichts Anderes.

Trotzdem bin ich bereit, es drauf ankommen zu lassen.

»Dann schlage ich vor, ich quartiere Sie erstmal in einem Hotel ein, und wenn Sie sich ausgeschlafen haben, kümmern wir uns um alles andere.«

Ich nicke. Mir fallen vor Müdigkeit fast die Augen zu. Diese Nächte auf der Straße fordern ihren Tribut, immer wieder.

Wir fahren schweigend. Irgendwann nimmt Will das Smartphone zur Hand und wählt eine Nummer. Er wirft mir einen entschuldigenden Blick zu. »Meine Assistentin kümmert sich um alles Weitere ... Ja, hi Elise! Ich bin gerade am Loop unterwegs und könnte die Adresse eines anständigen Hotels brauchen. Wo bringen wir immer unsere Mandanten unter?« Er gibt die Adresse an der nächsten roten Ampel ins Navigationsprogramm ein. »Super, danke. Können Sie dort anrufen und schon mal ein Zimmer reservieren?« Er wirft mir einen knappen Seitenblick zu. »Lieber keine Suite, danke. Können Sie nachher noch ein paar Besorgungen für mich machen? Ich melde mich dann.«

Er legt auf. Ich versuche mich an einem dankbaren Lächeln.

»Ist doch okay, wenn's keine Suite wird?«

»Ja klar.« Eine Suite hätte ich übertrieben gefunden, und ich bin erleichtert, dass er mir die Peinlichkeit erspart, in meinen abgerissenen Klamotten in ein Hotel zu spazieren und die teuerste Suite zu beziehen. Außerdem wird er mir dieses Hotelzimmer bestimmt auch in Rechnung stellen ...

Sein Telefon klingelt, und er schaltet auf Lautsprecher.

»Ja?«

»Ich habe ein Zimmer auf Ihren Namen reserviert, Mr. Thompson. Aber ich kann leider heute Abend nicht länger bleiben. Ich habe noch was vor.«

»Kein Problem. Danke, Elise.« Er legt auf und seufzt. »Wissen Sie, wie schwer es ist, gutes Personal zu finden?«

Ich weiß das von früher, schüttle aber trotzdem den Kopf.

»Elise ist meine dritte Assistentin in zwölf Monaten. Sie hat engagiert angefangen, aber nach zwei Wochen hat sie nachgelassen. Sie hat einen kleinen Jungen, Connor. Ihr Mann ist wohl verschwunden, auf jeden Fall kümmert sie sich allein um ihren Sohn und ist deshalb ständig unterwegs. Naja ... Vielleicht sollte ich mir angewöhnen, diese jungen Frauen nicht so viel zu loben.«

»Aber Lob ist doch nett«, wende ich ein.

»Schon. Aber kaum lobe ich sie, werden sie nachlässig. Oder ihr Privatleben ist plötzlich doch wichtiger als die Arbeit.« Er lacht. »Eine von denen hat sogar versucht, mit mir Freundschaft zu schließen. Das war schon sehr merkwürdig. Ich meine, man schließt doch keine Freundschaft mit dem Chef, nur weil der bei der Arbeit nett ist?«

»Keine Ahnung«, gebe ich zu und denke schon wieder an Caroline. Immerhin war sie auch meine Freundin. Und ist jetzt die Geschäftsführerin von *Fashionista ETC.*, weil sie zur richtigen Zeit die richtigen Dinge gesagt und getan hat. Das tut auch jetzt noch weh.

Vermutlich wird es nie aufhören, wehzutun. Denn ich habe ihr vertraut, und sie hat dieses Vertrauen einfach missbraucht. Ich würde sogar so weit gehen, dass sie sich bewusst mein Vertrauen erschlichen hat, um mir anschließend in den Rücken zu fallen.

»Jedenfalls wird Elise wohl nicht mehr lange bei mir arbeiten.« Wieder seufzt er, und einen Moment lang weiß ich nicht, was ich dazu sagen soll. Denn eigentlich gehen seine Sorgen mich nichts an, oder?

»Sie könnten schon jetzt eine neue Assistentin suchen«, schlage ich vor.

Er wirft mir einen neugierigen Seitenblick zu. »Wollen Sie sich um den Job bewerben?«

Mir wird heiß und kalt zugleich. »Nein, nein«, beeile ich mich zu sagen. »Ich bin dafür doch gar nicht qualifiziert.«

Er lacht. »Glauben Sie mir, Elise war auch nicht qualifiziert. Ich habe sie nur eingestellt, weil sie mir leidtat. Ist schon hart als alleinerziehende Mutter ...«

Ich schweige verletzt. Wenn er mir den Job geben will, soll er das nicht aus Mitleid tun.

Aber will ich überhaupt einen Job von Will Thompson annehmen?

Die kurze Antwort lautet: Ja, auf jeden Fall.

Denn der Gedanke, mit ihm zusammen tagsüber in einem Büro zu sitzen, lässt mein Herz höher schlagen. Er ist gut zu mir, und das möchte ich ihm irgendwie zurückgeben.

»Entschuldigen Sie. Das klingt, als würde ich Ihnen aus Mitleid einen Job anbieten.«

Herrje. Er besitzt außerdem so viel Fingerspitzengefühl, dass er genau weiß, was ich denke.

»Aber ich glaube, dass Sie das Zeug dafür hätten. Eigentlich brauche ich sogar zwei Assistentinnen, so viel Arbeit fällt im Moment an.«

Er will noch mehr sagen, aber dann merkt er, dass er falsch abgebogen ist und flucht. Dazu meldet sich das Navi und fordert ihn zum Wenden auf. Ich warte, bis er gedreht hat, bevor ich tief durchatme.

»Ich könnte tatsächlich für Sie arbeiten.«

Will lacht. »Vergessen Sie's«, sagt er. »Das ist eine Schnapsidee von mir. Reden wir nicht weiter darüber.«

Und schon wieder verletzen seine Worte mich. Ich frage mich, woran das liegt. Warum prallen solche Bemerkungen nicht von mir ab? Wieso tue ich alles, um ihm irgendwie zu gefallen?

Ich wende mich ihm zu. »Hören Sie ... Ich würde gern für Sie arbeiten. Wenn Sie denken, dass ich den Job draufhabe, versuche ich es. Sie können mir ein angemessenes Gehalt zahlen, mit dem ich mir ein kleines Apartment nehmen könnte. Und wissen Sie was: Sie können sogar all die Kosten, die Sie jetzt meinetwegen haben, nach und nach vom Lohn abziehen. Ich will das hier«, ich mache eine weit ausgreifende Handbewegung, »nicht geschenkt haben.«

»Ich will Ihnen das hier«, er ahmt meine Handbewegung nach, »aber schenken. Was sagen Sie jetzt?«

»Dass Sie ein Blödmann sind.« Ich lächle, und auch er kann sich ein Grinsen nicht verkneifen.

»Dann bin ich ein Blödmann. Was übrigens fast schmeichelhaft ist für mich. Meine Ex-

Freundinnen hatten immer sehr viel unschönere Bezeichnungen für mich.«

Jetzt redet er schon über seine Ex-Freundinnen. So langsam wird mir das ganze Gespräch etwas zu intim ...

Immerhin habe ich ihn einen Blödmann genannt, was so nicht nur unhöflich, sondern auch völlig ungerechtfertigt ist. Er hat mich gerettet, als sonst niemand für mich da war. Darum hat er's nicht verdient, dass ich ihn so tituliere.

»Entschuldigung«, sage ich. »Auf der Straße habe ich wohl vergessen, was Manieren sind.«

»Ich muss mich entschuldigen. Ich erzähle Ihnen hier lauter intime Dinge, die doch eigentlich ...« Er verstummt, und bevor ich nachfragen kann, bremst er.

Wir halten in der Zufahrt zu einem Vier-Sterne-Hotel in der Innenstadt. Das Residence Inn Downtown Chicago macht von außen einen eher unscheinbaren Eindruck, und das beruhigt mich.

Wir steigen aus, und Will wirft den Schlüssel seines Porsche Cayenne einem Portier zu, der ihn geschickt auffängt. Wir betreten die großzügige Hotellobby, und er steuert zielstrebig die Rezeption an. Ich bleibe etwas zurück. In meinen schäbigen Klamotten fühle ich mich total fehl am Platz. Ein Glück, dass ich einen halbwegs neuen Mantel trage. So fühle ich mich nicht total schäbig.

Keine fünf Minuten später führt Will mich zu den Fahrstühlen. Wir fahren in den zweiten Stock, wo er mich zu einem Zimmer führt und mir beide Schlüsselkarten aushändigt. Beim Entriegeln stelle ich mich etwas ungeschickt an, aber schließlich stehen wir im Vorraum eines Zimmers, das auf den ersten Blick erstaunlich geräumig und hell ist. Die großen Panoramafenster gewähren zwischen den Wolkenkratzern den perfekten Blick hinaus auf den Michigansee.

»Gefällt es Ihnen?«, fragt Will hinter mir.

Ich sehe mich um. Es gibt eine kleine Einbauküche, eine Esstheke mit zwei Barhockern und hinter dem Durchgang ein kleines Schlafzimmer, in das sogar ein Sofa passt. Das Bett ist breit, die weißen Laken machen mich schon jetzt nervös, weil ich mich viel zu schmutzig fühle, um in diesen Bett zu liegen. Ich gehe langsam zu der Tür, hinter der sich das helle, weiß gefliese und moderne Badezimmer befindet.

»Mit Badewanne!«, rufe ich. Mir steigen Tränen in die Augen. Die Vorstellung, wie ich mich gleich in die Wanne lege und so lange darin liegen bleibe, bis meine Fingerkuppen schrumpelig werden, kann ich gar nicht genießen. Denn immer noch habe ich das Gefühl, schmutzig zu sein. Vielleicht sollte ich erst duschen, bevor ich mich in die Wanne lege. Und danach die Dusche schrubben.

Ich habe immer viel Wert darauf gelegt, mich zu pflegen. Darin unterscheide ich mich bestimmt nicht von anderen jungen Frauen. Die Termine bei der Kosmetikerin, beim Friseur und bei meiner Waxing-Göttin hatten früher einen festen Platz in meinem wöchentlichen Terminplan. Jetzt habe ich das Gefühl, dass ich irgendwie ergraut bin – nicht nur die Haare, sondern auch meine Haut ist fahl geworden. Außerdem sprießen überall Härchen, wo keine Härchen sprießen dürfen, und ich habe nichts Ordentliches anzuziehen.

»Es gibt unten neben der Lobby einen kleinen Supermarkt, falls Sie nichts beim Zimmerservice bestellen möchten. Das können Sie auch auf die Rechnung setzen. Und die hier lasse ich Ihnen da.« Er legt einfach eine goldene Kreditkarte auf den Couchtisch. Ich starre ihn wortlos an. »Und sagen Sie jetzt nicht, dass Sie das nicht annehmen können. Das können Sie nämlich. Ich möchte, dass Sie mindestens tausend Dollar für neue Kleidung ausgeben. Falls es Ihnen schwerfällt, werde ich die Sachen für Sie auswählen. Ich dulde da wirklich keinen Widerspruch.«

»Okay.« Ich ziehe unwillkürlich die Schultern hoch.

»Und dann kommen Sie morgen in meine Kanzlei. Nehmen Sie ein Taxi, wenn Sie ausgeschlafen sind. Dort können wir dann über alles Weitere reden.«

Ich nicke gehorsam. Und zugleich denke ich: *Verschwinde! Ich will in die Wanne!*

Will scheint noch etwas sagen zu wollen, doch dann reicht er mir einfach die Hand. Ich nehme sie nur zögerlich. Sein Händedruck ist fest und entschlossen, und ich stelle mir kurz vor, wie es sich anfühlt, wenn seine Hand nicht nur meine Hand umschließt, sondern ...

Meine Brust. Meinen Arsch. Meine Hüften. Wie er mich packt und aufs Bett wirft ...

»Das ist wie bei Pretty Woman«, platze ich heraus. »Nur dass ich nicht ...«

Sofort verstumme ich. Er mustert mich mit hochgezogenen Augenbrauen. »Dass Sie was nicht?«

Herrje, wie peinlich. Ich kann unmöglich sagen, was ich gerade gedacht habe.

»Naja, Sie kennen doch den Film, oder?«

Jetzt schweigt Will betreten. Er weiß also, worauf ich anspiele.

»Nun ja«, sage ich. »Bis morgen.«

Er verabschiedet sich erleichtert. Erst nachdem sich die Tür hinter ihm geschlossen hat, sinke ich aufs Sofa und starre auf das Bargeld und die Kreditkarte, die er mir dagelassen hat.

Wie Pretty Woman. Nur dass er keinen Sex mit mir will.

Und irgendwie finde ich das gerade verdammt schade.

Will

Am nächsten Morgen stand Cara schon um halb elf in seinem Büro.
Er hätte sie im ersten Moment fast nicht erkannt.
Verschwunden war die blasse, abgerissene junge Frau in einem abgewetzten Cordmantel und mit strähnigen, dunklen Haaren. Vor ihm stand eine völlig veränderte Person. Doch als sie den Mund aufmachte und er ihre Stimme hörte, wusste er, dass sie immer noch dieselbe war – schüchtern wägte sie jedes einzelne Wort ab. Sie war auf der Hut.
Cara trug eine modische Designerjeans, einen schmal geschnittenen, dunkelroten Pullover mit V-Ausschnitt, darunter eine weiße Bluse und schicke Stiefeletten. Offenbar hatte sie sich an seine Vorgabe gehalten, nicht die billigsten Klamotten zu kaufen. Außerdem sahen ihre Haare nicht mehr so zerzaust aus. Sie hatte also mindestens eine gute Haarkur benutzt. Oder hatte sie sogar einen Friseur aufgesucht? Die Augenbrauen wirkten irgendwie akkurater, und sie hatte sogar ein leichtes Make-up aufgelegt. Ganz eindeutig: Cara Sanders zeigte sich ihm als selbstbewusste, junge Frau, die es nicht nötig hatte, sich zu verstecken.
Er hoffte, dass sie immer noch so strahlend lächelte, wenn er ihr erklärte, dass er ihr Mandat nicht würde übernehmen können.

Will machte eine einladende Handbewegung zur Sitzgruppe. »Sie sehen gut aus. Möchten Sie einen Kaffee? Tee? Wasser?«

»Kaffee nehme ich. Danke.«

Er rief Elise an und bestellte Kaffee. Vermutlich mussten sie eine halbe Stunde darauf warten; heute Morgen hatte Elise ihm bereits erklärt, dass sie unmöglich alles schaffen konnte, was sich auf ihrem Schreibtisch stapelte. Sie setzte einfach die falschen Prioritäten.

Ja, und vielleicht war es auch zu viel Arbeit für eine Assistentin. Nicht jeder konnte das Glück haben, dass eine Nora ihm jeden Wunsch von den Augen ablas und so viele Überstunden machte, dass man sie manchmal noch spätabends am Schreibtisch vorfand.

»Es hat sich leider ein kleines Problem ergeben«, fing Will an.

Cara fiel vor seinen Augen in sich zusammen. Als hätte sie genau das erwartet. »Ach so«, sagte sie nur.

»Aber dafür habe ich bereits eine Lösung«, fügte er hinzu. »Es ist leider so, dass der Käufer von *Fashionista ETC.* auch Mandant unserer Kanzlei ist. Um genau zu sein, hat mein Partner Dalton sich seiner Geschäfte angenommen.«

»Verstehe. Das ist ein Interessenskonflikt, richtig?«

»Genau«, sagte er erleichtert. »Aber ich habe mich bereits umgehört und eine Kollegin gefunden, die sich um Ihren Fall kümmern wird.«

Er verriet ihr lieber nicht, dass besagte Kollegin nur auf Honorarbasis tätig werden wollte. Niemand wollte sich mit seiner Kanzlei anlegen, schon gar nicht mit Tyler Locke. Nur sie erklärte sich dazu bereit.

Er hatte aber beschlossen, Cara nichts von der Honorarvereinbarung zu erzählen. Die Rechnung würde vorerst an ihn gehen. Später konnten sie immer noch darüber reden, ob sie ihm die Summe zurückerstattete.

Wenn sie Erfolg hatten.

Wenn es der Kollegin gelang, Cara wieder als Geschäftsführerin und Inhaberin von *Fashionista ETC.* einzusetzen.

»Ist sie gut?«, fragte Cara.

»Sie ist die Beste, die Sie kriegen können.«

Was genau genommen keine Lüge war, denn Theresa Wood war zugleich die Einzige, die Cara kriegen konnte.

»Ich habe heute Nachmittag einen Termin für Sie vereinbart. Ich würde ja gerne mitkommen, aber ...«

»Nein, schon in Ordnung.« Cara atmete tief durch. »Ich schaffe das schon alleine.« Sie zog aus der Gesäßtasche ihrer Jeans die goldene AmEx und legte sie auf seinen Schreibtisch. »Danke dafür«, sagte sie. »Ich hoffe, Sie sind wirklich so fair, das Geld irgendwann von mir zurückzufordern.«

»Das hat mit Fairness nichts zu tun«, erwiderte er schärfer als nötig. »Ich mag Sie, Cara. Sie haben das, was mit Ihnen passiert ist, nicht verdient.«

»Das Leben fragt nicht immer, ob wir etwas verdient haben«, sagte sie düster. »Es nimmt einfach, was es will.«

»Aber wir können uns immer noch wehren.«

»Ist das so?« Sie zuckte mit den Schultern. »Als ich versucht habe, mich zu wehren, wurde mir ziemlich schnell meine Grenze aufgezeigt.«

»Versprechen Sie mir etwas, Cara?«

Sie sah ihn aufmerksam an. Gerade so, als wüsste sie nicht, ob sie ihm wirklich etwas versprechen dürfe. Als könnte sie ihm nicht vertrauen, obwohl er so viel für sie getan hatte.

Oder gerade deswegen? Gut möglich.

»Nun?«, hakte sie nach längerem Schweigen nach.

Er atmete aus und merkte erst jetzt, dass er unwillkürlich die Luft angehalten hatte. »Versprechen Sie mir, dass Sie nicht aufgeben. Denn dafür gibt es keinen Grund.«

Cara straffte die Schultern. »Ich habe ein Jahr lang auf der Straße überlebt. Ich habe zugesehen, wie mir alles genommen wurde. Und ich habe das alles hingenommen, weil ich wohl glaubte, ich müsse es akzeptieren. Was glauben Sie, was aus mir geworden wäre, wenn ich aufgegeben hätte?«

Das wusste er nicht. Er wusste nur, dass das, was nun folgte, sie vermutlich an den Rand ihrer Belastbarkeit führen würde. Dalton war nicht gerade dafür bekannt, die gegnerische Partei mit Samthandschuhen anzufassen. Und wie Will Tyler Locke einschätzte, würde dieser sich nicht kampflos von *Fashionista ETC.* trennen. Schon gar nicht, wenn man bedachte, dass er Caras Ruin billigend in Kauf genommen haben musste, als er ihr Unternehmen aufkaufte.

»Haben Sie ans Aufgeben gedacht?«

»Mehr als einmal. Aufgeben ist irgendwann die leichtere Option. Irgendwann redet man sich auch ein, dass man aufgeben darf. Dass es okay ist, wenn man alles gegeben hat. Als ich meine Wohnung verlor und mit ihr all meine Besitztümer bis auf die wenigen Sachen, die ich tragen konnte ... Ich besaß damals nur noch mein Auto. Das war eigentlich geleast. So macht man das heutzutage, nicht wahr? Man kauft nicht mehr. Alles wird geleast oder gemietet oder finanziert, man lebt permanent über den eigenen Verhältnissen, am Ende des Monats ist das Geld, das man verdient, einfach weg. Ich habe nicht vorgesorgt, sondern mich darauf verlassen, dass es immer so weitergehen wird. Den Fehler mache ich bestimmt kein zweites Mal.«

»Vernünftig.« Will lächelte. Er wusste, was sie meinte, und insgeheim nahm er sich vor, mal wieder seinen Vermögensberater anzurufen und zu fragen, wie es um seine Versorgung im Alter oder in einer Notlage stand. So etwas verlor man ja im Alltag allzu leicht aus den Augen.

»Ich bin Ihnen dankbar.« Sie faltete die Hände und legte sie auf die Knie. Eine verschlossene Geste, die nicht zu ihren Worten passte. »Sie haben mich gerettet und gewähren mir eine zweite Chance. Das ist ... mehr als ich Ihnen je zurückgeben kann. Und dabei meine ich nicht das Geld.«

Sie wollte noch mehr sagen, doch Elise betrat das Büro mit einem Tablett, auf dem zwei Becher Kaffee dampften und auf einem Teller frische Muffins und ein paar Kekse lagen. Sie hatte auch an Milch und Zucker gedacht, stellte Will zufrieden fest.

Vielleicht war sie doch nicht so ungeeignet für den Job wie er immer dachte.

»Danke, Elise.«

»Kann ich sonst noch was für Sie tun, Mr. Thompson?«, fragte sie beflissen. Will hob die Brauen. Dann sah er zu Cara, die sich erstaunlich ruhig verhielt, und er verstand.

Cara Sanders sah nicht aus wie die typische Mandantin. Seine Kanzlei war exklusiv, weshalb vor allem gut situierte Klienten den Weg zu ihm und Dalton fanden. Um die anderen Mandanten kümmerten sich in den meisten Fällen die anderen Anwälte und Partner. Aber Cara saß hier bei ihm, adrett mit Bluse und Jeans, nicht übertrieben aufgetakelt. Wie eine ganz normale Büroangestellte.

Fürchtete Elise etwa um ihren Job? Hatte er sie falsch eingeschätzt und sie fühlte sich gar nicht so sicher?

Erst nachdem er sich mit einem nachdrücklichen Nicken bei ihr bedankt hatte und Elise sich zurückzog – wobei sie die Tür nur zögernd hinter sich schloss und Cara einen letzten, strengen Blick zuwarf – kam er auf das Jobangebot zu sprechen, das er gestern eher im Scherz ausgesprochen hatte.

»Wollen Sie den Job als zweite Assistentin?«, fragte er.

»Sie meinen, ich soll mit Ihrer ersten Assistentin zusammenarbeiten?« Cara drehte sich um und blickte durch die Glastür nach draußen, wo Elise sich ganz langsam auf ihren Bürostuhl setzte und ebenso langsam das Headset aufsetzte, über das sie Wills Diktate abspielte. Ihre Hände flogen über die Computertastatur, doch ihr Blick ging an dem Bildschirm vorbei ins Leere.

»Es gibt genug für Sie beide zu tun«, behauptete Will. »Sie könnten erstmal halbtags anfangen, und wenn es klappt, gehen Sie nach zwei Wochen auf Vollzeit. Ich zahle gut«, fügte er hinzu.

»Aber Sie zahlen mir bitte nicht mehr als ihr.« Cara nickte kaum merklich zu Elise.

Will wollte protestieren, doch Cara nahm ihm sofort den Wind aus den Segeln.

»Sie ist erfahren im Job, und ich muss erst alles lernen. Darum sollte sie definitiv mehr bekommen.«

Ihr Sinn für Gerechtigkeit erstaunte ihn, doch er widersprach nicht. Denn sie hatte ja im Grunde recht.

»Okay«, sagte er. »Aber es spricht nichts dagegen, wenn ich Elise eine Gehaltserhöhung gebe, damit ich Ihnen etwas mehr zahlen kann?«

»Wenn Sie das müssen ... Aber ich finde es schon bedenklich, dass Sie nicht von sich aus darauf kommen, sie für ihre Arbeit angemessen zu bezahlen.«

Himmel, diese junge Frau machte ihn wirklich fertig. Erteilte sie ihm etwa gerade eine Lektion in Gerechtigkeit?

»Ich werde ihr Gehalt anpassen«, sagte er steif. »Und Sie werden auch angemessen bezahlt.«

»Danke«, sagte sie schlicht. »Wann soll ich anfangen?«

Er zuckte mit den Schultern. »Wenn Sie möchten, schon morgen. Heute müssen wir uns erst um Ihre Firma kümmern.«

Für einen Moment hatte er den Eindruck, dass sie das Thema schon wieder verdrängt hatte.

»Der Termin bei Theresa Wood«, erinnerte er sie.

»Ach ja«, sagte sie nur. Als wäre ihr Modelabel völlig nebensächlich.

»Wie gesagt, ich wäre gern mitgekommen. Aber Sie werden feststellen, dass meine Kollegin wirklich kompetent ist. Sie wird Ihnen bestimmt helfen können.«

Er notierte die Adresse von Theresas Kanzlei auf einem Zettel und gab ihn Cara. »Ihr Termin ist um halb zwei«, sagte er. »Wenn Sie möchten, können wir vorher noch zum Lunch.«

Sie sah ihn an, als wäre Lunch so ziemlich das Letzte, woran sie gerade dachte. Doch dann lachte sie. »Entschuldigung«, sagte sie. »Ich habe für einen Moment das hier vergessen.« Mit einer verlegenen Handbewegung umfasste sie ihr neues Outfit.

»Sie sehen sehr gut aus«, versicherte Will ihr.

Er wurde mit einem Lächeln von ihr belohnt, das so aufrichtig und offen war, dass sein Herz schneller schlug.

Sie sieht nicht nur sehr gut aus. Sie ist auch verdammt hübsch.

Den Gedanken, der sich direkt danach aufdrängen wollte, schob er hastig beiseite.

Du bist zu lange allein, Will. Und du bist eine Spur zu alt für sie. Wie alt ist sie? 23? 24? Meinst du wirklich, sie hat Interesse an einem Mann, der nächstes Jahr vierzig wird?

Sicher nicht. Er hatte sich außerdem noch nie für so junge Frauen erwärmen können. Das unterschied ihn von Dalton, für den die Mädchen gar nicht jung genug sein konnten. Und wie man gerade bei Alyson sah, war das für seinen alten Weggefährten alles andere als gesund.

Wie gut Dalt es haben könnte, wenn er endlich Noras Flehen erhören würde, das stumm in diesen Büroräumen hing ...

»Danke.« Cara Sanders war sich offenbar nicht zu schade, ein Kompliment anzunehmen. Auch das unterschied sie von anderen jungen Frauen, die nicht müde wurden zu erwähnen, welche Makel sie hatten.

»Also Lunch?«, hakte Will nach.

»Sehr gerne.«

Er fühlte sich, als hätte er sie zu einem Date eingeladen. Es war ein merkwürdiges Gefühl. Vielleicht sollte er auf Dalton hören und sich nicht ständig in seiner Arbeit vergraben, sondern häufiger ausgehen.

Erst recht mit so einer hübschen Begleitung.

Cara

Eine Einladung zum Lunch ist das Letzte, womit ich an diesem Morgen gerechnet habe. Aber mir gefällt der Gedanke, dass ich die Zeit bis zu meinem Treffen mit der neuen Anwältin nicht tatenlos in der Innenstadt vertändeln muss.

Ich folge Will Thompson aus seinem Büro. Am Schreibtisch seiner Assistentin bleibt er stehen.

»Elise, ich möchte Ihnen Cara Sanders vorstellen. Sie wird morgen hier anfangen und Sie unterstützen. Oh, und kommen Sie bitte heute Nachmittag noch mal in mein Büro. So gegen vier müsste ich wieder da sein.« Er zwinkerte Elise zu, die ihn mit weit aufgerissenen Augen anstarrte. »Ich denke, wir sollten mal über Ihr Gehalt reden.«

»Ja, Mr. Thompson.« Sie klingt kleinlaut. Ich lächle ihr aufmunternd zu und strecke ihr meine Hand entgegen. »Hi. Darf ich dich Elise nennen? Ich finde das angenehmer, wenn man zusammenarbeitet.«

»Ja, natürlich«, stottert Elise verwirrt. Sie starrt mich an wie das Kaninchen die Schlange, und ich kann es ihr nicht verdenken. Vermutlich fürchtet sie jetzt, Will könnte ihr Gehalt zusammenstreichen und sie müsse sich zukünftig mit dem Job als zweite Assistentin begnügen.

Damit sie bis heute Nachmittag nicht tausend Tode stirbt, füge ich hinzu: »Ich freue mich schon, von dir angelernt zu werden. Ich habe von dem Job nämlich überhaupt keine Ahnung.«

Ich merke sofort, dass das falsch klingt. Sofort verfinstert sich Elises Miene, nachdem sie gerade noch vorsichtig lächelte. »Mal sehen«, meint sie nur.

Klar, sie denkt jetzt, ich hätte diesen Job nur dank meiner Verbindung zu Will bekommen – wie auch immer die aussehen mag – und nicht, weil ich gut arbeiten kann. Sie muss ja denken, dass jetzt noch mehr Arbeit auf sie zukommt.

Dazu will ich es auf keinen Fall kommen lassen. Ich werde mir für diesen Job den Arsch aufreißen und sowohl Will als auch Elise beweisen, dass ich was auf dem Kasten habe und für niemanden eine Gefahr darstelle.

Schweigend fahren Will und ich im Fahrstuhl nach unten. Erst als in der Tiefgarage die Türen lautlos auseinander gleiten und er zu der Parkbucht zeigt, in der sein Porsche steht, bricht er das Schweigen.

»Da haben wir uns aber nicht gerade mit Ruhm bekleckert«, meint er.

»Nein, leider nicht.«

»Ich werde mit Elise reden. Aber erst brauche ich was zu essen.«

Ich bin erleichtert, dass er so feine Antennen hat, um die Spannungen zwischen seiner Assistentin und mir sofort zu bemerken. Hoffentlich können wir diese Spannungen schon bald aus der Welt schaffen. Ich bin froh um die Chancen, die Will mir gerade reihenweise gewährt – auch wenn ich nicht verstehe, warum er das macht – aber ich will all diese Chancen nicht um *jeden* Preis.

Das betrifft vor allem meine Firma. Will ich sie wirklich zurück haben? Ist sie in den Händen von Caroline nicht besser aufgehoben?

Ich weiß es nicht. Zum Schluss sind da einige Dinge gelaufen, die ich Will bisher verschwiegen habe.

Er führt mich in ein schickes Restaurant aus, in dem allein ein Teller Nudeln vermutlich nicht unter vierzig Dollar zu bekommen ist und nicht schnöde Nudeln heißt, sondern Pasta. Weiße Tischdecken, dicker Teppichboden, hohe Sprossenfenster – man könnte meinen, das 21. Jahrhundert verlassen zu haben und in einer anderen Zeit aufgewacht zu sein. Dazu passt auch das Publikum. Männer in feinen Anzügen, Frauen in Kostümen und Kleidern, Erstere in gedeckten Farben, Letztere in vielen bunten Farben. Eine Kellnerin bringt uns zu einem Zweiertisch in der Mitte des Raums, und ich fühle mich wieder mal völlig deplatziert mit meiner Jeans und der Bluse unter dem Pullover. Wie auf dem Präsentierteller ... Wenigstens hat der Pullover einen kleinen Kaschmiranteil. Trotzdem bin ich hoffnungslos underdressed.

Will ist so gut, mich diesen Makel nicht spüren zu lassen. Er zieht für mich den Stuhl vor, und ich setze mich. Sofort ist ein Kellner zur Stelle, legt die Weinkarte vor und rattert die Mittagsgerichte herunter. Will schaut mich fragend an. Ich habe nicht zugehört und zucke nur hilflos mit den Schultern.

»Wir nehmen zweimal das Steak. Medium?«, fragt er an mich gewandt, und ich nicke. »Und dazu den Pinot Grigio, Robert. Danke.«

Wow. Er kennt den Kellner so gut, dass er ihn mit dem Vornamen anspricht.

Dieser macht eine kleine Verbeugung, nimmt die Weinkarte an sich und verschwindet so schnell, wie er gekommen ist.

Ich beuge mich vor. »Das ist wie früher«, flüstere ich Will zu.

»Gewöhnen Sie sich ruhig daran. Bald ist das wieder ihr Leben.«

Bevor ich etwas erwidern kann, geht sein Blick an meiner Schulter vorbei. Sein Lächeln erstarrt.

»Sagen Sie jetzt nichts«, raunt er mir zu. Dann steht er auf.

Ich drehe mich um. Zwei Männer nähern sich unserem Tisch, und ich hätte mich am liebsten unter dem bodenlangen Tischtuch versteckt, als ich den einen erkenne. Denn es ist kein Geringerer als Tyler Locke persönlich. Er trägt natürlich einen maßgeschneiderten, dunklen Anzug, dazu ein fliederfarbenes Hemd und eine farblich darauf abgestimmte Krawatte in einem etwas dunkleren Lila. Das Einstecktuch glänzt wie Satin. Seine Haut ist sonnengebräunt, als wäre er gerade erst aus dem Urlaub zurückgekommen, und als er die Hand hebt und über seine perfekten, dunklen Haare streicht, blitzt die edle Rolex an seinem Handgelenken und funkelt von den vielen winzigen Brillanten, mit denen die Umrandung des Ziffernblatts besetzt ist. Ich kann ihn nur völlig paralysiert anstarren.

»Will. Was machst du denn hier?« Tylers Begleiter bleibt am Tisch stehen. Er mustert mich neugierig. Ich spüre, wie meine Wangen brennend heiß werden.

»Ich esse mit meiner neuen Assistentin Cara zu Mittag.« Will steht auf. Ich erhebe mich auch halb aus dem Stuhl. »Darf ich vorstellen? Dalton Parker. Ihm gehört die andere Hälfte der Kanzlei und das größere Eckbüro gegenüber von meinem.«

Dalton gibt mir die Hand. Sein Händedruck ist angenehm fest. »Freut mich«, sagt er, als wäre er wirklich erfreut, dass Will eine neue Assistentin bekommt.

»Und ihr ...?«, fragt Will.

Erst jetzt lässt Dalton meine Hand los.

»Ja, Mittagessen. Wir auch. Es gibt einiges zu besprechen.«

Er stellt uns Tyler nicht vor, und ich atme auf. Die neue Assistentin seines Partners ist vermutlich zu unbedeutend, um sie mit dem Milliardär bekannt zu machen, dem die Kanzlei einen Gutteil ihres Umsatzes verdankt.

»Sehen wir uns später im Büro?«

»Auf jeden Fall.« Dalton steckt die Hände in die Hosentaschen. Er ist nicht mehr der Jüngste – wie Will schätze ich ihn auf Ende dreißig – und ergraut bereits an den Schläfen. Doch das steht ihm gut, es gibt seinem lausbubenhaften Gesicht etwas Distinguiertes, Gesetztes. Ich kann jede Frau verstehen, die seinem Charme erliegt.

Tyler und Dalton gehen zu einem Tisch vor dem hohen Panoramasprossenfenster, und Will setzt sich wieder hin.

»Das war Tyler Locke«, sage ich leise und nehme einen großen Schluck Wasser in der Hoffnung, dass man mir meine Erregung nicht ansieht. Wie er mich angesehen hat! Als könnte er durch sämtliche Stoffschichten auf die

Unterwäsche blicken, die ich trage. Ich rutsche nervös auf der Sitzfläche herum und spüre, wie ich feucht werde.

Ein Blick von Tyler Locke genügt, und ich fühle mich wie ein Teenager, der den beliebtesten Jungen der Highschool anhimmelt.

»Stimmt genau.« Will sieht mich plötzlich ganz anders an. »Sie kennen ihn?«

Ich lache auf. »Gott bewahre, nein. Ich habe nur ...«

Ja, was? Ich habe nur ein paar Nächte vor dem Locke Tower geschlafen, und da bekam er Mitleid mit mir und hat mir ein bisschen Geld gegeben? Will ich das wirklich laut aussprechen?

Ich behalte diese Geschichte lieber für mich.

»Wer kennt Tyler Locke nicht?«

»Stimmt.« Will lacht. Der Kellner bringt den Wein und Brot mit Salzbutter, und ehe ich mich versehe, hat Will mich in ein Gespräch über Mode verwickelt. Mein Lieblingsthema! Er fängt ganz harmlos an und fragt, wo ich heute Morgen die schicken Sachen gefunden habe. Dann erzählt er, dass er immer Probleme habe, etwas für ihn Passendes zu finden und bittet mich um Tipps. Schon bald erzähle ich ihm, welche Läden in Chicago sich wirklich lohnen.

»Sie könnten für mich auch Shoppingberaterin werden.« Seine Augen blitzen vergnügt. Ich stelle mir vor, wie wir einen ganzen Tag damit verbringen, für ihn zu shoppen, bis seine goldene AmEx glüht. Gar nicht mal so unangenehm, denke ich. Will ist ein wirklich toller Mann.

Vielleicht könnte ich mich ein bisschen in ihn verlieben. Nur so eine ganz zarte Verknalltheit, die es mir leichter macht, für ihn zu arbeiten, ohne ständig daran denken zu müssen, dass im Büro gegenüber Tyler Locke ein und aus geht ...

Denn ich gebe es nur ungern zu, aber diese Begegnung mit Tyler hat mich bis ins Innerste erschüttert. Vor allem, dass er mich nicht erkannt hat, macht mich irre nervös.

Ich habe mich natürlich seit unserer letzten Begegnung verändert. Und er hat sicher nicht damit gerechnet, die Obdachlose vom Locke Tower plötzlich in einem der edelsten Restaurants der Stadt zu treffen, wo sie von einem Spitzenanwalt zum Lunch ausgeführt wird. Also alles halb so schlimm. Er hat mich nicht erkannt, weil ich nicht mehr die Obdachlose vom Locke Tower bin.

»Hallo, Cara? Hören Sie mir überhaupt zu?«

Schuldbewusst richte ich meine Aufmerksamkeit wieder auf Will. Ohne es selbst zu merken, habe ich an ihm vorbei zu dem Tisch gestarrt, an dem Tyler mit Wills Partner sitzt. Tyler hat mir den Rücken zugedreht, doch Dalton schaut in meine Richtung, bevor ich den Blick abwende.

»Entschuldigung. Was haben Sie gesagt?«

Ich versuche, mich ganz auf Will zu konzentrieren. Aber es geht nicht. Tyler geht mir nicht aus dem Kopf ...

»Ich habe Sie gefragt, ob es Ihnen nicht schmeckt.«

Ich starre erst ihn an, dann den Teller, der in der Zwischenzeit und ohne, dass ich es bemerkt habe, vor mir abgestellt wurde. Ich habe nicht mal den Kellner bemerkt, so sehr war ich in meine Überlegungen vertieft.

»Oh, doch. Bestimmt.« Ich nehme das Besteck zur Hand und säble ein Stück vom Steak ab. Es ist perfekt medium gebraten. Dazu gibt es Selleriepüree mit Balsamicozwiebeln und grüne Bohnen. Auch das probiere ich, bevor ich zustimmend nicke und einen Schluck vom Pinot Grigio nehme.

Der Wein steigt mir sofort zu Kopf. Natürlich bin ich es nicht mehr gewohnt, Alkohol zu trinken. Beherzt nehme ich einen zweiten großen Schluck, und als der Kellner neben unserem Tisch auftaucht und die Weinflasche in meine Richtung hält, nicke ich. Er schenkt nach. Will winkt ab; er hat bisher an seinem Glas nur genippt, fällt mir auf.

»Wenn Sie möchten, kann ich Sie bei der Suche nach einer Wohnung unterstützen.«

»Das müssen Sie nicht tun, Will.«

»Ich möchte es aber gerne.«

»Warum?«

Will seufzt, als wäre meine Neugier für ihn eine Zumutung. »Vielleicht will ich einfach mal was richtig machen. Sie sind unverschuldet in eine Notlage geraten, und ich habe immer noch ein schlechtes Gewissen, dass Sie vor der Bibliothek die Treppe runtergefallen sind. Da kann ich doch zumindest irgendwas tun, damit Sie wieder Tritt fassen?«

»Aber sie tun schon so viel«, wende ich ein.

»Sie sind ja auch tief gefallen.«

Dazu sage ich nichts. Es stimmt nämlich. Tiefer fallen kann man kaum. Vor einem Jahr war ich noch die Tochter eines reichen Mannes, und jetzt bin ich auf die Almosen eines Fremden angewiesen, der sich aus irgendwelchen völlig verdrehten Gründen für mich verantwortlich fühlt. Natürlich könnte ich sein Hilfsangebot vehement ablehnen. Aber diesen Stolz kann und will ich mir nicht leisten.

»Okay, aber irgendwie muss ich mich dafür revanchieren können.«

»Das werden Sie bestimmt eines Tages.«

Er lächelt. Ich widme mich wieder dem vorzüglichen Essen und dem süffigen Wein. Will bestellt eine Flasche Wasser und Espresso für uns beide.

»Sind Sie fit für das Gespräch mit Ihrer Anwältin?«, fragt er besorgt, nachdem ich den Espresso ausgetrunken habe. Mir ist etwas schwindelig vom Wein, aber ich nicke eifrig. Will winkt dem Kellner und lässt sich die Rechnung bringen.

Als ich aufstehe, habe ich das Gefühl, an Deck eines alten Segelschiffs zu stehen, das durch die Dünung pflügt. »Hoppla«, murmele ich und halte mich am Tisch fest.

»Alles okay?« Will ist sofort an meiner Seite und ergreift besorgt meinen Arm.

Ich schüttle ihn unwirsch ab. »Natürlich«, behaupte ich. »Was soll nicht okay sein?«

»Sie haben einen kleinen Schwips, wenn ich mich nicht täusche.«

»Könnte auch ein großer sein«, murmele ich betreten.

Er lacht. Mein Kopf ruckt hoch und ich funkle ihn wütend an. Sein Lachen verletzt mich, doch er hakt sich einfach bei mir unter und führt mich aus dem Restaurant.

So geht das also. So verhält man sich in einer Situation, die für beide irgendwie unangenehm zu werden droht, genau so angemessen, dass der andere nicht allzu lange böse sein kann.

Ich bewundere Will für diese Fähigkeit. Er ist ein gutmütiger, auf Harmonie bedachter Mann. Selten bin ich jemandem begegnet, der sich so gut darauf verstand, einer Bemerkung, die vielleicht sonst verletzend aufgenommen werden würde, schon im Keim ihre Schärfe zu nehmen.

Im Fahrstuhl löse ich mich von ihm und stütze mich an der Wand ab.

»Ich fürchte, so kann ich Sie nicht zu Theresa gehen lassen. Ich komme mit«, sagte Will.

»Ich dachte, das geht nicht wegen dem ... Interessenkonflikt.« Das Wort kommt mir nur schwerfällig über die Lippen

Die rückwärtige Fahrstuhlwand ist voll verspiegelt, und ich prüfe mein Aussehen. Die Haare wirken etwas zerzaust, und mein Gesicht hat hektische, rote Flecken. Ich hätte doch die kleine Handtasche kaufen sollen, in die ich mich heute Früh im Geschäft spontan verliebt habe. Dann hätte ich das Make-up mitnehmen und jetzt auffrischen können. Aber ich habe mir vorgenommen, nicht mehr Geld als unbedingt nötig auszugeben. Schließlich will ich alles zurückzahlen, und da kann ich mir keinen großen Luxus leisten. Der Pullover war runtergesetzt, und die Jeans gehört zu einer guten Billigmarke, die mit Designerjeans locker mithalten kann.

»Sie sehen gut aus«, sagt Will. »Machen Sie sich keine Sorge wegen des Interessenkonflikts, okay?«

Ich blicke ihn an. Er lächelt.

»Ach ja, und falls Sie sich gerade fragen, ob Sie gut aussehen ... Für Theresa wird's reichen.«

»Danke«, sage ich verwirrt. Ist das jetzt ein Kompliment?

Eine halbe Stunde später sitze ich Theresa Wood gegenüber und weiß, dass es tatsächlich als Kompliment gedacht war. Sie ist eine sehr gepflegte Mittfünfzigerin, deren Kleidergeschmack äußerst individuell und ausgesucht ist. Ich bin überrascht, dass sie ein Kleid aus der aktuellen Winterkollektion von *Fashionista ETC.* trägt. Es ist ein auberginefarbenes Strickkleid mit einem hellbraunen Gürtel und einem Wasserfallkragen, das zu meinen Lieblingen der Kollektion gehört. Als ich den Entwurf vor anderthalb Jahren zum ersten Mal gesehen habe, wollte ich dieses Kleid unbedingt auch in meinem Kleiderschrank haben.

An Theresa sieht es richtig gut aus. Mit so viel Selbstverständlichkeit könnte ich niemals dieses edle Kleid tragen, und ich bewundere sie dafür sofort. Man könnte auch sagen, dass es für mich Liebe auf den ersten Blick ist.

»Ich freue mich, dass wir uns mal kennenlernen, Miss Sanders.« Theresa faltet die Hände auf der Schreibtischunterlage. Ihr Büro ist hell und freundlich, viel beige, fast ein bisschen plüschig. Das rötliche Holz ihres Schreibtischs ist vermutlich Kirsche oder Mahagoni – auf jeden Fall nicht billig. Aber an ihr ist ja auch nichts billig.

»Sie tragen ein Kleid aus der Winterkollektion«, kann ich mir nicht verkneifen.

Sie lächelt. »Als Will mich anrief und von Ihrem Fall erzählte, war ich sofort dabei. Ich kaufe gern Kleider Ihres Modelabels, Miss Sanders.«

»Nur dass es nicht mehr mein Label ist. Aber bitte, nennen Sie mich Cara.« Ich fasse schnell Vertrauen zu ihr.

»Also gut, Cara. Aber nur, wenn Sie mich Theresa nennen.«

Ich lächle. »Gerne.«

»Also. Ich habe mir angesehen, was Will bereits für Sie recherchiert hat. Kein leichter Fall, aber ich bin bereit, mit Ihnen diese Herausforderung anzugehen.«

»Das ist sehr großzügig von Ihnen«, sage ich.

Theresa wirkt kurz irritiert. Doch dann streicht sie sich die kinnlangen, dunkelblonden Haare hinters Ohr und blickt auf den Schriftsatz, der vor ihr auf dem Schreibtisch liegt.

»Wenn Sie also nichts dagegen haben, unterschreiben wir gleich die Honorarvereinbarung und ich mache mich anschließend an die Arbeit. Ich werde zunächst den Käufer von *Fashionista ETC.* mit einer Flut an Schriftsätzen überziehen.«

»Das wird dann wohl bei uns landen.« Will sitzt neben mir und hat die Beine lässig übereinander geschlagen.

»Haben Sie damit ein Problem, Will?«

»Ganz und gar nicht.« Er hebt abwehrend die Hände. »Sie wissen ja, was wir besprochen haben.«

Wieder verspüre ich eine Art Irritation, ohne genau benennen zu können, woher sie kommt. Theresa hüstelt verlegen, und auch Will sieht starr geradeaus, als ich ihm einen fragenden Blick zuwerfe.

Keine Ahnung, was hier los ist. Aber irgendwas verheimlichen mir die beiden.

»Gut, dann sind wir uns einig.« Theresa schiebt mir ein Dokument zu, das mit »Honorarvereinbarung« überschrieben ist und mehrere Seiten umfasst. »Unterschreiben Sie einfach auf der letzten Seite.«

Ich lese mir die Honorarvereinbarung durch, und daran ist nichts Verdächtiges. Sie bekommt einen Anteil ausgezahlt, falls sie Erfolg hat.

»Ich brauche dann noch eine Telefonnummer, unter der ich Sie erreiche.«

Theresa nimmt das Dokument an sich und schiebt es beinahe überhastet in eine Mappe.

Ich habe kein Handy. Ob ich die Telefonnummer von Wills Büro angeben kann?

Doch wieder mal ist er für mich der Ritter in schimmernder Rüstung. Bevor ich etwas sagen kann, reicht er mir stumm ein Smartphone. »Nehmen Sie das.«

Ich blicke ihn überrascht an. Aber wieso eigentlich? So langsam sollte ich mich daran gewöhnt haben, dass er nicht nur für jedes Problem eine Lösung hat, sondern diese auch sofort umsetzt. Aber damit stehe ich noch tiefer in seiner Schuld. So langsam ist da so vieles, wofür ich ihm dankbar bin, dass ich ihm das niemals in Dollar werde zurückzahlen können.

»Nehmen Sie schon. Ich wollte es Ihnen schon letzte Woche im Krankenhaus geben, aber da waren Sie ja ... naja. Sie wissen schon.«

Da war ich plötzlich verschwunden, ja.

Ich nehme das Smartphone, und bevor ich nach der Nummer fragen kann, gibt Will mir ein Kärtchen, auf dem sie notiert ist. Theresa scheint nichts von alledem ungewöhnlich zu finden. Sie notiert meine neue Handynummer, und ich schalte das Smartphone ein. Es ist nicht das neueste Modell, aber es kann alles, was Smartphones eben so können: Internet, Fotos, Navigation. Ach ja, und telefonieren vermutlich auch.

Als wir zehn Minuten später wieder im Fahrstuhl stehen, räuspert Will sich verlegen. »Ich habe mir erlaubt, meine Nummer einzuspeichern.«

»Danke. Ich ... Ich weiß nicht, wie ich Ihnen danken soll, Will. Sie tun so viel für mich ...«

Er antwortet nicht, sondern blickt starr geradeaus auf die Fahrstuhltüren.

»Will?«

»Ja, Cara?«

Jetzt sieht er mich an. Etwas daran, wie er meinen Namen sagt, rührt etwas tief in meinem Innern an, und sofort verlässt mich wieder der Mut. Meine Knie werden weich. Ich bringe kein Wort mehr über die Lippen.

»Möchten Sie was sagen?«

Jetzt habe ich seine volle Aufmerksamkeit. Das fühlt sich nicht unangenehm an. Im Gegenteil. Die ungeteilte Aufmerksamkeit von einem so umsichtigen, rührend um mich besorgten Mann habe ich schon lange nicht mehr genossen.

Und warum kann ich sie nicht genießen? Glaube ich wirklich, dass er das alles nur aus niederen Motiven tut? Weil er mich will, weil er denkt, er könnte mich damit rumkriegen?

Irgendwie passt dieser Gedanke nicht zu dem hellen, freundlichen und netten Kerl, der neben mir steht. Trotzdem frage ich ihn.

»Warum tun Sie das?«

Will seufzt, als hätte er mit dieser Frage gerechnet. Als wäre sie ihm zugleich schrecklich unangenehm. Er will gerade zu einer Antwort ansetzen, als der Fahrstuhl mit einem kaum merklichen Ruck hält und wir in der Tiefgarage aussteigen.

Erst als wir im Auto sitzen, hält er inne. Er sieht mich nicht an, als er leise sagt: »Du berührst etwas in mir, Cara.«

Mehr nicht.

Du berührst etwas in mir, Cara.

Ich schlucke. Das ist eine erstaunlich offene Antwort, und ich weiß einen Moment lang nicht, wie ich damit umgehen soll. Berührt er etwas in mir?

Vielleicht ...

Aber wir haben in den kommenden Wochen sicher genug Zeit, um es herauszufinden. Immerhin werde ich ab morgen als seine Assistentin jeden Tag an seiner Seite sein und für ihn arbeiten.

Vielleicht habe ich auch in diesem Jahr auf der Straße verlernt, etwas zu empfinden. Vielleicht bin ich zu abgestumpft, um selbst Gefühle zu haben.

Aber warum geht mir dann Tyler Locke nicht mehr aus dem Kopf?

Tyler

Die junge Frau, die mit Daltons Partner Will am anderen Ende des Raums Lunch einnahm, ging Tyler nicht mehr aus dem Kopf.

»Kennst du sie?« Er nickte unauffällig zu den beiden rüber. Wenn er nur wüsste, warum die junge Frau ihm so bekannt vorkam ...?

Dalton blickte von der Speisekarte auf. »Wills neue Assistentin? Das ist eine lustige Geschichte. Er hat sie auf der Straße aufgelesen, bezahlt ihr ein Hotelzimmer und neue Klamotten und hat ihr jetzt auch noch einen Job gegeben.« Er schnaubte. »Ehrlich, ich gebe mich doch auch mit einer Assistentin zufrieden. Wozu braucht er zwei?«

Deine Assistentin reißt sich ja auch den sprichwörtlichen, sehr hübschen Arsch für dich auf, weil sie dich abgöttisch liebt.

»Auf der Straße aufgelesen? So wie Karl Lagerfeld irgendwelche Models in Straßencafés findet?«

Dalton grinste. »Noch extremer. Sie soll wohl auf der Straße gelebt haben. Sie hat alles verloren.« Er verstummt abrupt, als wäre ihm etwas eingefallen.

Tyler hakt nicht nach. Doch er muss sofort wieder an »seine« Obdachlose denken, die er liebend gern auch von der Straße aufgelesen hätte. Wo sie jetzt wohl war? Ob sie abends wieder ihr Lager vor dem Locke Tower aufschlug? Heute Abend wollte er dort sein und hoffte, sie zu treffen.

»Also, worüber wolltest du mit mir sprechen?«

Er klappte die Weinkarte zu und legte sie neben sein Wasserglas. Dalton hob nur kurz die Brauen. Er war es nicht gewohnt, dass Tyler sich mit der Weinauswahl befasste.

»Es geht um *Fashionista ETC*. Da rollt etwas auf uns zu«, sagte er.

Der Kellner schwebte an ihren Tisch, und sie bestellten. Erst danach kam Tyler aufs Thema zurück.

»Ja, und?«, fragte er. »Was soll damit sein?«

»Es könnte Probleme geben.«

»Welcher Art?«

Es gab keine Probleme, die sich nicht durch Geld oder einen guten Anwalt lösen ließen. Das war schon immer Tylers Grundsatz gewesen. Er besaß beides: genügend Geld und mit Dalton einen der besten Anwälte, die man für Geld kriegen konnte.

»Die bisherige Eigentümerin will dich verklagen.«

»Oh. Woher weißt du das?«

»Ich habe davon gehört. Theresa Wood ist ihre Anwältin.«

Tyler pfiff durch die Zähne. »Die ist ein harter Brocken, nicht wahr?«

»Miss Sanders hätte kaum eine bessere finden können.«

»Es sei denn, du hättest dich ihrer Sache angenommen.« Tyler lehnte sich entspannt zurück. »Ich mache mir wegen der Sache keine allzu großen Sorgen. Oder habe ich dafür einen Grund?«

»Du weißt genauso gut wie ich, dass damals einiges nicht korrekt abgelaufen ist.«

Das stimmte. Doch es war nicht Tylers Schuld, dass er die sich bietende Gelegenheit ausgenutzt hatte. Er hatte selten erlebt, dass die Inhaberin eines aufstrebenden, großartigen Unternehmens so blauäugig war. Es geschah ihr ganz recht, dass sie alles verloren hatte.

Plötzlich wusste er, an wen ihn Wills neue Assistentin erinnerte. Er blickte hoch. Doch der Tisch am anderen Ende des Raums wurde soeben von zwei grauhaarigen Geschäftsmännern eingenommen. Will und seine Assistentin waren gegangen.

»Wir haben uns an alle gesetzlichen Vorgaben gehalten, oder nicht?«

»Das stimmt.« Dalton neigte den Kopf.

»Aber ich verstehe, was du meinst. Also wiederhole ich meine Frage. Muss ich mir Sorgen machen?«

»Wir kriegen das schon hin.« Es klang nicht besonders überzeugend.

»Hör mal, Dalton. Das reicht mir nicht. Ich bin bei der Sache in Vorleistung gegangen, weil ich von dem Unternehmen überzeugt bin. Miss Sanders hat da in kürzester Zeit etwas Erstaunliches erschaffen, und ich bin nicht bereit, das kampflos wieder aufzugeben, denn ich habe ziemlich viele Millionen in *Fashionista ETC.* reingepumpt.«

»Das weiß ich. Und ich sagte doch, dass wir das hinkriegen.«

»Dann brauche ich mir keine Sorgen machen?«

»Du brauchst dir keine Sorgen machen.«